Michael Blihall

Das Grauen schleicht durch Wien

Michael Blihall

Das Grauen schleicht durch Wien
Isaac Kane Sonderband Nr. 1

Cover: Azraels Coverwelten - Azrael ap Cwanderay

Lektorat: Andrea Hagemeier-Gilga | Isabelle Schuster

1. Auflage

Alle Rechte bei Ulrich Gilga

Copyright © 2024
by Ulrich Gilga
c/o WirFinden.Es
Naß und Hellie GbR
Kirchgasse 19
65817 Eppstein
https://schreibwerkstatt-gilga.de

ISBN: 978-3-98966-038-0

Inhalt

Bereits erschienen   6

Das Grauen schleicht durch Wien   7

Werkstattbericht von Michael Blihall   111

Interview mit Michael Blihall   115

Buchtipp BLITZ-Verlag   121

Bereits erschienen

Ich freue mich, wenn Dir dieser Band gefällt. Hier ein Überblick über die bereits erschienenen oder vorbestellbaren Bände (eBook, Softcover, Hörbuch):
- Im Keller des Ghouls
- Die Hand des Werwolfs
- Die Rückkehr des Gehenkten
- Das Grauen aus dem Bild
- Hotel der Alpträume
- Die Zombie-Brigade
- Rache aus der Vergangenheit
- Die Vampir-Allianz
- Das Grauen schleicht durch Wien (Isaac Kane Sonderband Nr. 1 – Michael Blihall)
- Der gefallene Exorzist
- Wünsche, die der Teufel erfüllt
- Der Tod des Jägers – Teil 1
- Abstieg in die Dunkelheit – Teil 2
- …

Das Grauen schleicht durch Wien

1

Der alte Karl war fast schon eine Institution unter den Sandlern[1], die in Wien im Untergrund lebten.

Im Untergrund – im wahrsten Sinne des Wortes. Die Obdachlosen Wiens, die Sandler eben, oder auch Strotter genannt, trauten sich natürlich tagsüber auch an die Oberfläche. Anders hätten sie sich ihren Lebensunterhalt erst gar nicht erbetteln können. Doch nachts, wenn die Stadt schlief und es nichts mehr zu holen gab, zog es die Sandler unter die Stadt. Zusammengekauert in Nischen unter den Brücken oder im Gewölbe, mit dem der Wienfluss bereits vor der Jahrhundertwende überdacht wurde, fanden sie Platz. Hier, am Ufer des Flusses, verborgen vor den Blicken der übrigen Wiener, richteten sie sich im Dunkeln ein und verbrachten ihre Nächte.

Der alte Karl hatte schon auf der Straße gelebt, lange bevor dieses Gewölbe errichtet worden war.

Zumindest behauptete er das immer. Aber niemand von den anderen Strottern hier glaubte, dass Karl tatsächlich so alt war, selbst wenn ihn jeder nur ›den alten Karl‹ nannte. Es war allerdings verbürgt, dass Karl den letzten großen Krieg hauptsächlich hier unten verbracht und überlebt hatte. Als dieser endlich vorbei war, soll er einer der gefährlichsten und berüchtigtsten Schieber gewesen sein. Die Besatzungsmächte, die sich die Stadt wie eine Torte in vier Stücke aufgeteilt hatten, hatten ihre liebe Not mit ihm. Karl schmuggelte damals alles Mögliche unter der Stadt hindurch, denn niemand kannte sich hier unten so gut aus wie er. Sie jagten ihn, arbeiteten aber auch teilweise mit ihm zusammen. Später war sogar ein britischer Kriminalautor auf ihn aufmerksam geworden und hatte sich von ihm zu einem Drehbuch inspirieren lassen, das schließlich hier verfilmt wurde.

---
[1] Verwahrloste Person, die auf der Straße lebt

Karl hatte die Dreharbeiten im Kanal aus nächster Nähe beobachten können, den Film hatte er hingegen noch nie gesehen.

Doch auch seit diesen denkwürdigen Ereignissen waren inzwischen fast zehn Jahre vergangen, und seither war nicht mehr viel passiert. Die Schiebereien hatten irgendwann von selbst aufgehört. Die Leute da oben hatten wieder genug zu essen, und die vier Besatzungsmächte hatten die Stadt inzwischen verlassen. Karl gehörte wohl zu den wenigen Menschen in Wien, die das bedauerten. Andererseits wurde er auch schon zu alt für solche Abenteuer, und manchmal war er einfach nur froh, wenn er sich irgendwo hinsetzen und seine Ruhe genießen konnte.

Nun machte er gerade sein Nachtlager bereit. Heute zog ein kalter Wind durch das Gewölbe. Trotzdem war es hier unten ein bisschen wärmer als an der Oberfläche. Die Stadt hatte sich noch nicht ganz vom Winter erholt, und dieser März war bisher besonders kalt gewesen. Karl kannte eine Nische, in der er sich vor dem Wind schützen konnte, und diese Nische machte ihm nach so langer Zeit niemand mehr streitig. Dort baute er sich ein Nest aus Decken und Zeitungspapier und rollte sich schließlich darin zusammen. Er lag etwas abseits einer größeren Gruppe von Männern, die sich noch unterhielten und eine Flasche mit irgendeinem Fusel im Kreis herumgehen ließen. Ab und zu drang Gelächter bis zu seiner Nische, aber Karl schlief trotzdem irgendwann ein.

Als er wieder aus dem Schlaf hochschreckte, wusste er weder, wie lange er geschlafen, noch, was ihn so plötzlich aus seinen Träumen geholt hatte. Er riss die Augen auf und starrte in die Dunkelheit rings um ihn herum. Das Gelächter der Männer war inzwischen durch lautes Schnarchen ersetzt worden. Die Geräusche waren aber immer noch so weit entfernt, dass Karl sicher war, dass nicht sie der Grund für sein abruptes Erwachen gewesen waren.

Doch dann merkte Karl plötzlich, dass er nicht mehr allein war! Irgendjemand schien ihn aus der Dunkelheit heraus zu beobachten.

»Hallo?«, krächzte er. Er räusperte sich und versuchte es noch einmal flüsternd: »Ist da jemand?«

Ihm fielen die Streichhölzer ein, die in Wachspapier verpackt in einer seiner Jackentaschen steckten, und er holte sie hervor. Obwohl es stockfinster war, fand Karl sich gut zurecht, und es gelang ihm, eines von ihnen anzuzünden.

Es war nicht viel, was Karl sehen konnte, als die kleine Flamme die Umgebung erhellte. Selbst geblendet vom plötzlichen Licht, bewegte er den Kopf ein Stück zur Seite und starrte in die Richtung, aus der er soeben eine Bewegung wahrgenommen zu haben glaubte.

Das, was Karl sah, versetzte ihn in pures Entsetzen, und er stieß einen Schreckensschrei aus.

Es war der letzte Laut seines Lebens …

2

Oberinspektor Friedrich Aigner hatte in seinem Beruf schon viele Leichen gesehen, aber selten einen Körper, der so schlimm zugerichtet war wie dieser hier.

Gut, das stimmte vielleicht nicht ganz. Vor allem in den letzten Kriegstagen und in der Schlacht um Wien, im April 1945, hatte er viele zerfetzte Leiber sehen müssen. Auch von Frauen und Kindern. Doch diese Zerstörungen waren durch die gewaltige Kraft von Bomben, Minen oder Granaten verursacht worden. Das jedoch, was nun vor ihm lag, war nicht das Ergebnis einer Explosion. Nein, das wäre gar nicht möglich gewesen, zumindest nicht, ohne beträchtliche Spuren an dem Gewölbe zu hinterlassen, das ihn umgab.

Die Zerstörung jenes Körpers, der vor ihm auf dem schmutzigen Boden lag, war von etwas anderem verursacht worden.

Der fast fünfzigjährige Polizist hielt seine Hände in den Taschen seines Trenchcoats vergraben. Den Kragen hatte er hochgestellt und seinen Hut tief ins Gesicht gezogen, um sich vor dem kalten Luftzug zu schützen. So betrachtete er den aufgerissenen Brustkorb des Opfers. Ein abgetrennter Arm lag ein paar Meter weiter, der andere war bisher gänzlich unauffindbar. Der Kopf des Opfers, der seltsamerweise zwischen seinen verstümmelten Beinen lag, war blutverkrustet, und Fritz konnte aus seiner Position – und bei diesen Lichtverhältnissen – nicht einmal mehr erkennen, wo dabei oben und unten war.

Aigner seufzte, atmete tief ein und aus, und schüttelte sich. Er schob es auf die Kälte, wusste aber, dass auch der Anblick der Leiche mitverantwortlich für das Frösteln in seinem Körper war. Er drehte sich von dem Toten weg und blickte zurück. Dorthin, von wo aus er das Wienflussgewölbe betreten hatte. Die uniformierten Kollegen von der Funkstreife, die ihn hierhergebracht hatten, standen noch dort, hielten sich aber lieber im Hintergrund.

Die sind noch so jung, dachte Fritz. Wahrscheinlich waren sie noch Kinder, als der Krieg endlich zu Ende war. Und obwohl sie vielleicht noch schlimme Bilder aus diesen Tagen mit sich herumtrugen, war wohl keiner von ihnen so hart gesotten wie der Oberinspektor. Er konnte verstehen, dass sie den Anblick nicht ertrugen. Selbst er vermied es, die Leiche, oder das, was davon übrig war, eingehender zu untersuchen.

Ein säuerlicher Geruch machte sich bemerkbar. Obwohl viele Wiener den überdachten Wienfluss als Teil der Kanalisation betrachteten, war die Luft hier am Ufer des Flusses normalerweise erstaunlich sauber und klar. Nur der metallische Geruch des Blutes und die sauren Ausdünstungen des Opfers drangen in seine Nase. Auch der Geruch von Erbrochenem – vermutlich von den Entdeckern der Leiche oder den Kollegen der Funkstreife, vielleicht von beiden – hing noch in der Luft.

Fritz drehte den Überresten nun endgültig seinen breiten Rücken zu und ging zu der Gruppe von Polizisten und Zeugen zurück. Einer der Obdachlosen, vielleicht derjenige, der die Funkstreife alarmiert hatte, stand umringt von vier Uniformierten und zitterte am ganzen Körper. Der Oberinspektor blieb ein paar Schritte vor der Gruppe stehen.

»Kannten Sie den Toten?«, fragte er den zitternden Sandler.

»Ja, natürlich«, antwortete dieser und sah zu dem groß gewachsenen Kriminalbeamten hoch. »Das ist … das war der alte Karl.«

»Der alte Karl? Hatte der Mann vielleicht auch einen Nachnamen?«

»Bestimmt hatte er den. Aber den weiß ich leider nicht mehr.«

Der Obdachlose, der selbst schon sehr ergraut war, schüttelte den Kopf. »Aber die Herren kennen ihn«, fügte er plötzlich hinzu. »Also … ich meine, der alte Karl war der Polizei bekannt. Polizeibekannt sozusagen.«

Fritz zog die Augenbrauen zusammen und durchsuchte sein Gedächtnis. »Meinen Sie etwa den Laimer Karl? Den, der da unten früher als ›Schieber- und Schmugglerkönig‹ bekannt war?«

Der Blick des Obdachlosen hellte sich plötzlich auf, und Freude über das wiedererlangte Gedächtnis breitete sich in seinem Gesicht aus.

»Ja! Genau! Den, nach dem dieser Harry Lime aus dem Film[1] benannt ist!«

»Ach du Scheiße«, murmelte Fritz und drehte sich noch einmal zu der Leiche um, die er von seiner Position aus zum Glück nicht mehr klar erkennen konnte. »Nun hat es ihn also doch noch erwischt, den alten Laimer«, murmelte er leise in seinen nicht vorhandenen Bart.

»Was sollen wir jetzt mit ihm machen?«, fragte einer der jüngeren Beamten.

»Na, was wohl?«, antwortete Fritz und zuckte mit den Schultern. Die Hände hielt er immer noch in den Taschen seines Mantels.

»Fordern Sie die Spurensicherung und einen Fotografen an. Wo bleibt eigentlich die Kanalbrigade? Die soll das Gebiet absperren, damit hier nicht noch mehr Leute durch den Tatort hatschen[2]. Und dann sorgen Sie dafür, dass die Leiche zur Gerichtsmedizin gebracht wird.«

Der Polizist nickte dienstbeflissen und lief davon, wahrscheinlich zum Funkwagen, um Aigners Anweisungen weiterzugeben.

---

[1] Der dritte Mann (GB 1949)
[2] angestrengt gehen

»Haben Sie die Leiche gefunden?«, wandte sich Fritz an den Obdachlosen.

»Ja, das war ich. Also, nicht ich allein. Ich und meine … äh, Mitbewohner. Aber die wollten mit der Polizei nichts zu tun haben und haben gesagt, ich soll Sie verständigen und mich um alles kümmern.«

»Wie heißen Sie eigentlich?«

»Heinz. Also eigentlich Heinrich. Aber jeder sagt nur Heinz zu mir. Bauernfeind heiße ich mit Nachnamen, falls Sie den brauchen.«

Fritz nickte. »Einen Ausweis haben Sie wohl nicht, Herr Bauernfeind, oder?«

Der Strotter griff in seine Hosentaschen und zog sie leer nach außen. »Leider nein, Herr Inspektor.«

»Haben Sie schon was gefrühstückt?«

Heinz Bauernfeind schüttelte den Kopf.

Fritz zuckte erneut mit den Schultern. »Gut, dann kommen Sie mal mit. Ich brauche jetzt einen Kaffee.«

Gemeinsam mit dem Sandler ging der Kriminalinspektor davon und ließ einige verdutzt aussehende Kollegen zurück.

3

Vier Tage zuvor. Montag, 24. März 1958. Kunsthistorisches Museum

»Wie lange liegt das Zeug schon hier unten?«

Dr. Sophie Gruber wandte sich mit tadelndem Blick dem staunenden Studenten zu, der ihr für ihre Aufgabe zugeteilt worden war, und musterte den jungen Mann von oben bis unten. Wäre sie selbst nur einige Jahre jünger gewesen, hätte sie ihn durchaus attraktiv gefunden. Vor allem sein britischer Akzent hatte es ihr ab dem ersten Moment angetan.

Man hatte ihn ihr als Isaac Kane vorgestellt, ein etwa zwanzigjähriges Wunderkind, das bereits früh mit dem Studium der Geschichte und Archäologie begonnen hatte und nun für ein Auslandssemester an der Universität Wien studierte. Nun, von einem ›Wunderkind‹ schien ihr Gegenüber allerdings sehr weit entfernt. Sie hatte sogar ihre Zweifel, dass er sein Studium besonders ernst nahm. Vielleicht war er aus anderen Gründen nach Wien gekommen? Andererseits, was erwartete ein junger Mann wie Kane von so einer verschlafenen Stadt wie Wien? Sie stellte sich vor, dass in London das Leben pulsieren musste, wohingegen in der biederen österreichischen Hauptstadt ab acht Uhr abends die Gehsteige hochgeklappt wurden.

»Zeug?«, echote sie. »Du nennst diese Schätze hier ›Zeug‹?«

»Sorry«, sagte er und sein Lächeln zeigte, dass er es mit der Entschuldigung nicht allzu ernst meinte. »Ich habe manchmal … äh … Schwierigkeiten, das richtige deutsche Wort zu finden. Natürlich meinte ich Schätze.«

Sein Lächeln löste ein warmes Gefühl in ihrem Bauch aus, und sie konnte nicht anders, als zurückzulächeln. Verdammt, dachte sie, der Junge macht mich ganz schön nervös. Dabei war sie mindestens zehn Jahre älter als er. Aber was sind schon zehn Jahre? Vielleicht könnte ich ja doch … Sie biss sich auf die Lippen. Jetzt war sie es, die ihre Arbeit nicht ernst nahm.

Ich werde ganz sicher nicht damit beginnen, meine Studenten zu verführen, dachte sie und versuchte, sich wieder auf ihre Aufgabe zu konzentrieren.

»Wenn du es genau wissen willst: Das meiste hiervon wurde wohl spätestens im März 1944 nach unten gebracht, als die alliierten Luftangriffe auf Wien begannen.«

Sie beobachtete, ob ihre Bemerkung irgendeine Reaktion bei ihm hervorrief, aber er schien sich keine großen Gedanken über den Krieg und seine Auswirkungen zu machen. Natürlich, er ist so viel jünger. Ob er überhaupt mitbekommen hatte, was damals in der Welt passiert war? Natürlich war auch London von deutschen Luftangriffen bedroht gewesen. Aber was wusste sie schon darüber, wie und wo Isaac Kane seine Kindheit während des Krieges verbracht hatte? Seltsam, dass sie erst jetzt bemerkte, dass sie eigentlich noch gar nichts über ›ihren‹ britischen Studenten wusste. Sie wandte sich wieder den Hunderten von verstaubten Kisten und Regalen zu, die sich im Keller des Museums stapelten.

»Ein Teil liegt aber sicher auch schon viel länger hier unten. Ausstellungsstücke wandern schon mal von oben in den Keller und umgekehrt.«

Sie warf ihm einen weiteren Blick zu, überzeugt, sich jetzt wieder genug im Griff zu haben, um nicht auf sein charmantes Lächeln hereinzufallen. Er war mindestens 15 Zentimeter größer als sie, und sie musste den Kopf in den Nacken legen, um ihm in die Augen sehen zu können.

»Und wir sind hier, um interessante Ausstellungsstücke für die ägyptische Sammlung zu finden. Richtig?«, fragte er.

»Genau. Ich bin froh, dass du nicht wieder ›Zeug‹ gesagt hast.«

Sie lächelte und musste schnell wegsehen, als er ihr Lächeln erwiderte.

»Also«, sagte er und klatschte in die Hände, »let's go.«

4

Seit etwa einer Stunde machten Sophie und Isaac ihre Bestandsaufnahme der Gegenstände im Keller des Kunsthistorischen Museums. Isaac hielt ein Klemmbrett mit einer Liste in den Händen, während Sophie verschiedene Objekte identifizierte und ihm nannte. Immer wieder öffnete sie Holzkisten, entweder beschriftet oder mit einer Karteikarte im Inneren, um den Inhalt zu bestimmen.

»Ein Kästchen für Schmuck und Kosmetikartikel«, las sie laut vor. »Zwölfte Dynastie.«

Isaac wiederholte die Angaben, suchte den entsprechenden Eintrag auf seiner Liste. »Okay.«

Er setzte ein Häkchen und Sophie nahm sich die nächste Kiste vor.

»Fischförmige Schminkpalette. Dreitausend vor Christus.«

»… Dreitausend vor Christus. Okay.«

Das Prozedere wiederholte sich, bis Sophie auf eine Kiste stieß, die keine Beschriftung trug. Diese war so fest vernagelt, dass sie Isaacs Hilfe benötigte, um sie mit einem Eisen zu öffnen. Als der Deckel sich schließlich löste, griff Sophie hinein und entfernte zwei Handvoll Sägespäne, bis ihre Finger einen länglichen Gegenstand berührten.

»Was zur …?«

Sie zog etwas heraus, das zunächst wie ein schmaler, armlanger Stein aussah. Doch sie erkannte sofort, dass es sich um etwas anderes handelte. »Das ist …«

»Ein Mini-Sarkophag«, vervollständigte Isaac den Satz.

Sophie zeigte mit dem Kinn auf das Klemmbrett. »Steht davon irgendetwas auf deiner Liste?«

Während er die Seiten durchblätterte, versuchte sie, die Zeichen und Hieroglyphen auf dem Artefakt zu entziffern.

Nach einer Weile schüttelte er den Kopf. »Kein Sarkophag. Vielleicht handelt es sich um etwas anderes?«

Sophie legte den Gegenstand vorsichtig auf ein Regal und beugte sich über sein Klemmbrett, um gemeinsam mit ihm die Liste durchzugehen. Doch auch nach gründlicher Suche fanden sie keinen Hinweis auf das Artefakt.

»Vielleicht wurde einfach vergessen, es zu katalogisieren«, überlegte Sophie laut. »Es ging damals recht hektisch zu. Da könnte das leicht passiert sein.«

»Wollen wir es öffnen und hineinsehen?«

Kanes Neugier war förmlich zu spüren.

Trotz ihrer eigenen Neugier ermahnte sie ihn: »Bist du verrückt? Was, wenn es sich um eine kostbare Mumie handelt, die uns unter den Fingern zerfällt?«

Isaac kniff die Augen zusammen und deutete auf die Inschrift: »Was steht denn da oben?«

»Das habe ich auch schon versucht zu entziffern. Wenn ich mich nicht täusche, steht hier ›Sobek‹.«

»Und hier ist auch Sobek abgebildet«, fügte der Student hinzu und zeigte auf das Bild des Krokodilgottes auf dem Sarkophag.

»Hm. Ein menschlicher Körper mit dem Kopf eines Krokodils«, murmelte Sophie.

»In der 17. Dynastie gab es Pharaonen, deren Thronname den des Krokodilgottes enthielt«, fügte Isaac nickend hinzu.

Sophie begann zu vermuten, dass er sein Studium vielleicht doch ernster nahm, als sie bisher gedacht hatte. »Es könnte sich also um eine Grabbeigabe für einen dieser Pharaonen handeln«, überlegte sie laut. »Aber für welchen?«

Sie nahm den Mini-Sarkophag wieder auf und drehte ihn in ihren Händen. »Es gibt keinen Hinweis auf den Namen eines Pharaos.«

»Ich schlage vor, wir nehmen das Ding nach oben und untersuchen es genauer«, sagte Isaac.

Sophie nickte und ließ ihm diesmal den Begriff ›Ding‹ durchgehen. Solange sie selbst nicht genau wusste, was sie da in ihren Händen hielt, konnte er es ruhig so nennen, wie es ihm beliebte.

5

»Die Mumie eines Krokodils«, murmelte Sophie, als sie das Ergebnis der Röntgenuntersuchung betrachtete, und verzog die Lippen. Sie schob die Bilder über den Tisch im Aufenthaltsraum zu Isaac hin.

Der zuckte mit den Schultern. »Warum bist du deswegen so enttäuscht?«

»Ach, ich weiß nicht. Vielleicht, weil das Museum bereits über Krokodilmumien verfügt. Ich hatte gehofft, es wäre etwas Ausgefalleneres. Etwas, das bisher noch niemand entdeckt hat.«

»Aber selbst, wenn es nur ein weiteres Krokodil ist«, warf Isaac ein, »die Frage bleibt: Warum ist es so aufwendig verpackt?«

»Guter Punkt«, antwortete Sophie nachdenklich. »Die Darstellung von Sobek und die detaillierten Hieroglyphen sind ungewöhnlich für eine einfache Tiermumie.«

»Können wir es öffnen?«

Er wirkte fast naiv, aber eigentlich hatte er recht. Selbst wenn nur wieder ein weiteres mumifiziertes Krokodil zum Vorschein kommen würde. Vielleicht war es dafür in einem besseren Zustand als die, die das Museum bereits seit 1875 ihr Eigen nannte?

Sie nahm den Sarkophag in beide Hände und stand auf. »Warum nicht? Lass uns ins Labor gehen.«

Dort angekommen, legte sie den Sarkophag behutsam auf den Arbeitstisch. Beide trugen Handschuhe und Sophie griff nach einem feinen Werkzeug, das sie in der Restaurierung von Artefakten oft benutzte. Vorsichtig begann sie, den Deckel zu lösen, was einige Minuten dauerte. Ihre Laune besserte sich, während sich der Deckel schließlich sanft hob, und beide hielten den Atem an, als sie einen ersten Blick in das Innere werfen konnten.

»Süß«, sagte Isaac lächelnd. »So klein und schon ein Krokodil.«

»Das ist … kein gewöhnliches Krokodil«, sagte Sophie mit einer Mischung aus Verwunderung und Faszination.

Vor ihnen lag zwar ein mumifiziertes Krokodil, doch es war nicht wie die anderen, die sie bisher gesehen hatte. Die Bandagen, mit denen das Tier umwickelt war, waren mit feinsten Goldfäden durchzogen, und solche Zeichen, wie die komplexen, fast mystischen Symbole, die in den Stoff eingewebt waren, hatte sie in den bisherigen Beständen des Museums noch nie gesehen.

»Das ist unglaublich«, flüsterte Isaac. »Es scheint, als wäre dieses Krokodil nicht nur ein Tier, sondern Teil eines Rituals. Vielleicht sogar ein Kult um Sobek, der noch nicht dokumentiert wurde.«

»Es würde mich wirklich interessieren, welchem Pharao es ins Grab gelegt wurde.«

»*Look*«, sagte Isaac plötzlich und nahm den Deckel des kleinen Sarkophags in die Hand. »Sieh. Hier«, wiederholte er auf Deutsch und hielt ihr den schalenartigen Gegenstand vor die Augen.

»Inschriften«, erkannte sie plötzlich. »Im Inneren des Sarkophags.«

Sie nahm ihm den Deckel aus seinen Händen und hielt ihn so nah an ihre Augen, dass die Nasenspitze die Innenseite fast berührte. Schließlich ließ sie ihre Arme wieder sinken und stöhnte.

»Was ist los?«, fragte der Engländer.

»Isaac ... das ist ... das ist unmöglich. Weißt du, was hier steht?«

Sie legte die Schale auf den Labortisch und drehte sie so, dass er in das Innere sehen konnte.

»*Well* ... ich kann Hieroglyphen wohl noch nicht so gut lesen wie du, aber ich erkenne hier nochmals das Wort ›Sobek‹ ... nein, ich korrigiere mich: ›Sobek-Ra‹, und hier ... hier steht etwas von ... äh ... Buch der Toten. Oder Totenbuch. Was ist damit gemeint? Das ägyptische Totenbuch wahrscheinlich?«

»Genau. Es handelt sich um einen Sargtext aus der 17. Dynastie. Der steht direkt darunter. Mit diesem Spruch soll der Krokodilgott Sobek nicht nur beschworen, sondern sogar wiedererweckt werden.«

Sophie nickte langsam. »Vielleicht war es kein Zufall, dass dieser Mini-Sarkophag im Keller vergessen wurde. Oder es war Absicht, dass er auf keiner Liste erscheint?«

Plötzlich fühlte sich die Luft um sie herum schwerer an, und ein Gefühl der Unruhe machte sich in Sophie breit.

»Wir müssen mehr über diese Symbole herausfinden«, sagte sie entschlossen. »Vielleicht steckt hinter diesem Fund eine größere Geschichte, als wir ahnen.«

6

»Und dieses ... Artefakt ... befindet sich auf keiner unserer Bestandslisten?«

Dr. Alois Dengler, Direktor des Kunsthistorischen Museums in Wien, betrachtete interessiert die Fotos des Sarkophags sowie des mumifizierten Krokodils, die ihm seine Mitarbeiterin Dr. Sophie Gruber soeben vorgelegt hatte. Natürlich konnte sie die Mumie nicht einfach so durch das Museum tragen, ohne Gefahr zu laufen, dass sie dabei beschädigt wurde. Darum hatten sie und ihr englischer

Student wohl die Fotos angefertigt und die Mumie samt Sarkophag im geschützten Bereich des Labors gelassen, wo ihr weder Luftfeuchtigkeit noch Temperaturunterschiede schaden konnten.

»Nein, Herr Doktor«, antwortete sie und schüttelte den Kopf.

Sophie hatte ihren Vorgesetzten allein aufgesucht, was dieser begrüßte. Er war auf Engländer generell nicht gut zu sprechen. Möglich, dass die Gruber darüber Bescheid wusste und den Studenten deshalb nicht in sein Büro mitgenommen hatte. Andererseits gingen ihm die Studenten ohnehin gerne aus dem Weg. Er war als sehr streng bekannt. Daher wird dieser Kane wohl durchaus froh darüber gewesen sein, seinen Feierabend etwas vorziehen zu können, anstatt ihn in seinem Büro aufsuchen zu müssen.

Der Direktor ging nochmals die Bestandslisten auf Kanes Klemmbrett durch und prüfte jeden Eintrag genau. Schließlich legte er die Listen zur Seite und nahm wieder die Fotos zur Hand. Das Bild mit der Mumie interessierte ihn dabei weitaus weniger als die Zeichen im Inneren des Sarkophags.

»Wo befindet sie sich jetzt?«, fragte er, während er die Hieroglyphen studierte.

»Im Labor, Herr Doktor. In einer der Kühlkammern.«

Dengler sah sie an, schob die große Brille an seiner Nase hoch und lächelte. Er legte die Bilder auf die blank polierte Platte seines Schreibtisches.

»Vielen Dank, Frau Gruber«, sagte er. »Ich lasse die Mumie sofort in den Bestandslisten ergänzen und bin schon sehr gespannt darauf, ob Sie bei Ihren ... Ausgrabungen im Museumskeller noch weitere Schätze finden werden.«

Er sah sie so lange an, bis sie von selbst registrierte, dass das Gespräch beendet war. Natürlich bemerkte er ihre Enttäuschung, als sie endlich aufstand.

»Auf Wiedersehen, Herr Doktor«, sagte sie mit belegter Stimme.

»Auf Wiedersehen.« Wie immer vermied er es, seine Mitarbeiterin mit ihrem rechtmäßigen Titel anzusprechen.

Endlich wandte sie sich dem Ausgang zu und verließ sein Büro. Einige Sekunden lang betrachtete Dengler die Fotografien auf seinem Schreibtisch. Dann griff er zum Hörer des schwarzen Telefons und betätigte die Wählscheibe. Die Nummer kannte er auswendig. Der Freiton erklang zweimal, bevor sich der Angerufene mit seinem Nachnamen meldete.

»Stolzenberg.«

»Hallo Heinrich. Ich bin's, Alois. Wir müssen uns treffen. Hier im Museum ... nun, wir haben etwas gefunden, das dich interessieren könnte.«

7

Eine Detonation riss Fritz Aigner aus dem Schlaf.

Und obwohl er, wie so oft in letzter Zeit, von Bomben und Luftangriffen geträumt hatte, wusste er noch im Halbschlaf, dass der laute Knall nicht aus seinen Träumen stammte. Die Explosion musste in unmittelbarer Nähe stattgefunden haben. Bevor er einen klaren Gedanken fassen konnte, stand er schon neben dem Bett. Was war geschehen? Hatten die Alliierten wieder angegriffen? Nein, das ist Blödsinn, beruhigte er sich selbst. Es herrscht doch Frieden. Die Alliierten haben Wien vor dreizehn Jahren befreit. Und seit drei Jahren ist Wien endlich frei von Alliierten ...

Aus dem Treppenhaus drangen Stimmen in seine Wohnung. Die Nachbarn unterhielten sich aufgeregt. Fritz griff nach seinem Bademantel und schlüpfte hinein. Jetzt hörte er Hilfeschreie und in Pyjama und Bademantel riss er endlich die Eingangstür zu seiner Wohnung auf.

»Was ist denn da los?«, rief er.

Er sah in die schreckgeweiteten Augen von Frauen und Männern, die sich im Hausflur tummelten.

»Bei der Simon ist irgendwas in die Luft gegangen«, rief Zeilinger, der in der Wohnung gegenüber von Fritz wohnte. Dieser wandte seinen Blick der Wohnungstür am Ende des Ganges zu und bemerkte den Rauch, der ober- und unterhalb der Tür ins Treppenhaus drang. Er erfasste sofort die Situation.

»Laufen Sie nach unten!«, rief er den Nachbarn zu. »Da drinnen brennt etwas. Schauen Sie, dass Sie aus dem Haus kommen, sonst kriegen Sie alle noch eine Rauchvergiftung.«

Den Zeilinger packte er an der Schulter. »Wecken Sie den Hausmeister auf, falls er nicht schon munter ist. Der hat ein Telefon in seiner Wohnung. Er soll sofort die Feuerwehr und die Rettung verständigen!«

»Und Sie?«, fragte der Mann ernsthaft besorgt.

»Ich breche die Wohnungstür auf und schaue, ob ich denen da drinnen noch helfen kann.«

Zum Glück widersprach niemand und alle leisteten seinen Anweisungen Folge. Fritz hörte, wie sie die Treppen hinunterliefen und durcheinander sprachen. Er selbst lief zur Wohnungstür der Familie Simon. Hier lebte die mittlerweile 72-jährige Maria Simon allein mit ihrer 49-jährigen Tochter. Kein Mann. Es wunderte Fritz aber auch nicht, dass es bisher noch keiner lange mit diesen beiden Frauen ausgehalten hatte. Was aus dem alten Herrn Simon, dem Vater der Tochter geworden war, wusste er nicht. Niemand fragte mehr in diesen Nachkriegszeiten nach lang verschollenen Personen.

Fritz betrachtete die Wohnungstür. Es würde ihm wahrscheinlich nicht schwerfallen, sie aufzubrechen, auch weil sie ohnehin etwas schief in den Angeln zu hängen schien. Aber was erwartete ihn auf der anderen Seite? Er schlüpfte aus seinem Bademantel und ließ ihn zu Boden gleiten. Dann nahm er etwas Anlauf und warf sich mit seinem ganzen Gewicht gegen die Tür. Beim zweiten Versuch hörte er ein verräterisches Krachen, und beim dritten sprang die Tür endlich auf.

»Frau Simon?«, rief er in die dunkle Wohnung hinein. Er bekam keine Antwort, hörte aber ein schwaches Stöhnen. Noch war der Rauch nicht überall hin gedrungen, und Fritz gelang es, in die Küche zu laufen, aus der er die Geräusche vermutete. Dort lagen zwei Frauen auf dem Boden. Die bewusstlose Maria Simon und ihre Tochter, die sie weinend in den Armen hielt. Ihre Gesichter waren fast unkenntlich vor Blut und Ruß, aber Fritz erkannte die junge Simon an ihrer Stimme. Der Herd, der in der Küche stand, brannte und entwickelte starken Rauch, der bereits in den nächsten Augenblicken tödlich für alle werden könnte.

Fritz bückte sich und griff nach der Schulter der Tochter. »Können Sie alleine gehen?«, fragte er.

»Ja«, schluchzte sie. »Aber ich kann doch die Mama nicht allein lassen.«

»Schauen Sie, dass Sie rauskommen. Um Ihre Mutter kümmere ich mich.«

Dann half er der Jüngeren auf die Beine, schob sie in Richtung der Haustür und fasste die Ältere unter den Achseln, um sie hochzuziehen. Er warf sich die Frau über die Schulter und lief den Weg ins Treppenhaus zurück. Draußen traf er auf den Zeilinger, der gerade wieder keuchend die Treppen hochkam.

»Feuer ... Feuerwehr ... habe ich ... verständigt«, japste der zwischen den Atemzügen. Auch der Zeilinger war nicht mehr der Jüngste.

»Sehr gut gemacht«, lobte Fritz. »Und jetzt kümmern Sie sich bitte um die beiden. Ich laufe noch mal hinein und schaue, dass ich das Feuer irgendwie unter Kontrolle bekomme, bevor die anderen Wohnungen auch noch anfangen zu brennen.«

»Aber ... die Feuerwehr ist doch schon ... unterwegs«, keuchte der Nachbar.

»Ja, aber bis die kommen, brennt das ganze Haus«, rief Fritz, schnappte sich seinen Bademantel, der noch immer auf dem Boden lag, und lief wieder in die Wohnung.

In der Hoffnung, die Flammen zu ersticken, schlug er mit seinem Mantel auf den brennenden Herd ein.

8

Mittwoch, 26. März 1958. Sicherheitsbüro des Bezirkskommissariat 1. Innere Stadt.

»Na? Kurze Nacht gehabt?«, fragte ihn sein Kollege Bösmüller, als Oberinspektor Fritz Aigner müde und übernächtigt sein Büro im Polizeikommissariat betrat.

Fritz warf dem jüngeren Inspektor einen bösen Blick zu, dann entledigte er sich seines Mantels und seines Hutes und hängte beides auf den hölzernen Garderobenständer, der fast jedes Büro in Wiener Amtsgebäuden verunzierte. Anschließend ließ er sich auf den Stuhl an seinem Schreibtisch fallen und stöhnte.

»Ja, kann man wohl sagen«, sagte er, während er sich eine Zigarette aus der Packung klopfte. Doch als er sie sich zwischen die Lippen stecken wollte, spürte er das Kratzen im Hals, das noch vom Rauch in der Nachbarwohnung herrührte. Er legte den Stängel wieder hin, schaute mit vorwurfsvollem Blick auf die brennende Zigarette im Aschenbecher seines Gegenübers und stand schließlich wieder auf, um ein Fenster zu öffnen.

»Bist du wahnsinnig?«, rief Bösmüller. »Da draußen ist es saukalt. Da holen wir uns noch den Tod.«

»Gibt Schlimmeres«, erwiderte Fritz achselzuckend und setzte sich wieder an seinen Schreibtisch. »Bei meiner Nachbarin ist heute Nacht ein Topf mit Benzinwachs explodiert.«

»Bitte was?«

»Ja. Die alte Dame wollte das Wachs erwärmen. Frag mich nicht, warum mitten in der Nacht. Die wird immer komischer in letzter Zeit. Auf einmal ist ihr alles um die Ohren geflogen.«

»Na Servas[1]. Davon stand noch gar nichts im Bericht. Gibts Tote?«

»Nein. Zum Glück nicht. Hab' sie und ihre Tochter gerade noch rechtzeitig rausgebracht. Sie liegen jetzt beide im Krankenhaus.«

Bösmüller stieß einen anerkennenden Pfiff aus. »Und du? Musst du dich gar nicht untersuchen lassen?«

---

[1] wienerischer Ausdruck des Erstaunens

»Mir gehts gut«, antwortete Fritz mit einem sehnsüchtigen Blick auf die einzelne Zigarette auf seinem Schreibtisch. »Hab' schon Schlimmeres erlebt.«

Er öffnete eine Schublade und rollte die Zigarette mit dem Zeigefinger seiner linken Hand hinein. So war sie zumindest aus seinem Blickfeld.

»Und sonst?«, fragte er schließlich. »Gibts irgendwas Neues?«

»Na ja.« Bösmüller blätterte durch einige Zettel, die auf seinem Tisch lagen. »Nicht viel. Gott sei Dank. Ein Unfall in Meidling mit einem Lkw. Ein Ehestreit in Margareten. Aber sonst …«

Er lächelte plötzlich und hob einen der Berichte auf seinem Schreibtisch hoch.

»Das da ist aber lustig«, sagte er.

»Was ist das?«, fragte Fritz und starrte nun die bereits wieder geschlossene Schublade an, in der sich seine Zigarette befand.

»Da behauptet einer, ein Krokodil gesehen zu haben.«

Bösmüller lachte kopfschüttelnd und legte den Zettel zurück auf den Stapel zu den anderen.

»Ein Krokodil«, wiederholte Aigner.

»Ja, stell dir das vor. Mitten in Wien. Bei *den* Temperaturen.«

Er sah zu dem immer noch geöffneten Fenster. Aigner verstand und erhob sich wieder aus seinem Stuhl. Er ging zum Fenster, nahm beide Flügel noch einmal in seine Hände und machte einen tiefen Luftzug. Die kalte Luft bewirkte jedoch, dass er wieder husten musste. Er verschloss das Fenster und drehte sich zu seinem Kollegen. Dann lehnte er sich an den Heizkörper.

»Wo will man denn das Krokodil gesehen haben? In der Urania[1]?«

»Zumindest nicht weit weg von dort. Im Donaukanal soll es geschwommen sein. In der Nähe vom Schwedenplatz.«

»Ein Krokodil. Bei *den* Temperaturen«, murmelte Aigner.

---

[1] Anspielung auf Österreichs bekannteste Puppenbühne, das »Wiener-Urania-Puppentheater«

»Sag' ich ja«, erwiderte Bösmüller und zündete sich eine neue Zigarette an.

9

Oberinspektor Aigner gönnte sich sein Frühstück, das er aus einer Fleischerei in der Nähe besorgt hatte. Eine Knackwurst, die er sich mit seinem kleinen Taschenfeitel[1] in dicke Scheiben schnitt und auf eine Brotscheibe legte. Die Zigarette in seiner Schublade hatte er noch immer nicht angerührt. Noch war es ruhig im Sicherheitsbüro des Bezirkskommissariats. Aber so etwas konnte sich schnell ändern, wusste Fritz aus eigener Erfahrung. Darum war es auch so wichtig, immer etwas Ordentliches im Magen zu haben. Während er das Brot mit der Wurst darauf in der rechten Hand hielt, blätterte er mit der linken durch die Berichte und Fahndungslisten. Penibel achtete er darauf, dass er die Blätter dabei nicht fettig machte. Was ihm nicht ganz gelang, als eine seiner Wurstscheiben vom Brot rutschte und genau in der Mitte des Berichts landete, der gerade vor ihm lag. Mit einem schnellen Blick vergewisserte er sich, dass sein jüngerer Kollege davon nichts mitbekommen hatte, und steckte sich die Wurstscheibe schnell in den Mund.

»Ein Haufen Vermisstenfälle in letzter Zeit«, murmelte er.

»Ja, das ist mir auch schon aufgefallen«, antwortete Bösmüller und blätterte in der Morgenausgabe des *Kurier*. »Da steht sogar schon was in der Zeitung über deine heutige Heldentat.«

»Geh, hör auf. Wirklich?«, fragte Fritz erstaunt.

»*Ein Kriminalbeamter rettet in der Voltagasse 55-63 zwei Nachbarinnen aus ihrer brennenden Wohnung*«, las der Kollege laut vor. »Ja, da schau her. Büdl[2] is' halt leider keins drin.«

Bösmüller reichte die Zeitung über den Tisch und deutete mit dem Finger auf den Bericht.

»Brauchst du die noch?«, fragte Fritz.

---

[1] Ein traditionelles österreichisches Taschenmesser
[2] kleines Bild

Bösmüller schüttelte den Kopf. Der Oberinspektor holte eine Schere aus der obersten Schublade und schnitt den kurzen Bericht aus der Zeitung. Dann legte er die Schere wieder hinein, griff stattdessen endlich zur Zigarette und schob sie sich in den Mund. Er faltete die Zeitung wieder zusammen und gab sie seinem Kollegen zurück.

»Danke«, sagte er, zündete sich die Zigarette an und sah wieder auf den Bericht mit dem Wurstfleck.

»Ein Haufen Vermisste …«, murmelte er wieder und zog an seiner Zigarette. »Was ist da los in letzter Zeit? Man kommt sich ja schon fast wieder vor wie damals, als die Russen noch da waren.«

Auf die Russen war Oberinspektor Fritz Aigner nicht gut zu sprechen. Aus mehreren Gründen. Hauptsächlich stammte seine Aversion aber aus der Besatzungszeit. Immerhin hatte er damals im russisch besetzten Gebiet der Stadt gewohnt.

»Muss nichts bedeuten«, antwortete Bösmüller. »Es tauchen auch immer wieder einige von denen auf. Besoffene, die den Weg nicht mehr heimgefunden haben. Oder Kinder, die von daheim weglaufen. Die merken dann ein, zwei Tage später, wie schön warm es unter Mamas Rockzipfel war, und kommen wieder nach Hause.«

»Trotzdem«, murmelte Fritz wenig überzeugt. Wieder nahm er einen tiefen Zug. Er hustete. Dann zog er weiter an seiner Zigarette.

»Ein paar von denen kommen aber nicht wieder zurück«, antwortete er schließlich.

»Und was willst jetzt machen?«, fragte Bösmüller und lehnte sich zurück. »Die Polizei ist furchtbar unterbesetzt. Und dann werden wir auch noch für jeden Schmarrn[1] eingesetzt, statt dass wir uns auf unsere normale Arbeit konzentrieren können. Letztes Jahr haben wir Hilfsgüter für die Ungarnhilfe gesammelt und transportiert[2]. Und am Freitag sind wir auch noch als Sicherheit zu dieser unsäglichen Filmpremiere im Palast-Kino eingeteilt. *In 80 Tagen um die Welt.* So ein

---

[1] Unsinn
[2] Nach dem ungarischen Volksaufstand 1956

Schmarrn. Was da wieder los sein wird. Unnötigerweise. Statt dass wir uns auch mal auf die eigenen Leut' konzentrieren und denen helfen.«

Aigner nickte, drückte seine Zigarette aus und klopfte sich das nächste Stäbchen aus der Packung.

10

Freitag, 28. März 1958.
Nach der Besichtigung des Tatorts am Wienfluss war Fritz froh, endlich wieder in sein geheiztes Büro zurückkehren zu können. Inspektor Bösmüller diktierte gerade einer der weiblichen Schreibkräfte des Kommissariats ein Protokoll, während Fritz seinen Mantel und seinen Hut an den Garderobenständer hängte. Sein Kollege lehnte halbsitzend auf seinem Schreibtisch und war dabei fast schon auf Tuchfühlung mit der Sekretärin, die auf Bösmüllers Stuhl Platz genommen hatte. Er unterbrach sein Diktat.

»Na, Fritz? Schon wieder zurück?«

»*Schon* ist gut.« Oberinspektor Aigner zündete sich eine Zigarette an und setzte sich stöhnend hinter seinen Schreibtisch.

»Den Laimer Karl hats jetzt endgültig erwischt«, berichtete er knapp zwischen zwei Zügen. Bösmüller erhob sich und legte dabei wie zufällig seine linke Hand auf die rechte Schulter der Stenotypistin.

Dorli, fiel Fritz ein. Er brachte die Namen der Damen manchmal etwas durcheinander. Aber die da war die Dorli. Oder eigentlich: Dorothea. Auf die hatte Fritz selbst auch mal ein Auge geworfen, war aber gnadenlos bei ihr abgeblitzt.

»Den Laimer?«, fragte Bösmüller. »Doch nicht etwa der Schieberkönig? Ich hab' gar nicht mehr gewusst, dass der überhaupt noch lebt.«

»Jetzt lebt er eh nicht mehr«, antwortete Fritz und machte einen tiefen Zug. Er beobachtete dabei Bösmüllers Hand, die von Dorlis Schulter immer weiter nach unten wanderte. Fritz kniff die Augen zusammen. Es störte ihn, dass sein Kollege die junge Stenotypistin einfach so antatschte. Nicht aus Eifersucht. Einfach so, wunderte er sich selbst. Aber bitte, solange sie sich nicht wehrt, dachte er und zuckte mit den Schultern.

»Es war die Leich' vom Laimer, die im Wienflussgewölbe gefunden worden ist«, fuhr er schließlich fort.

»Und?«

»Was und?«

»Woran ist er gestorben?«

Fritz dachte kurz nach und bat Dorli, für einen Moment das Büro zu verlassen. Das, was er seinem Kollegen zu berichten hatte, war nichts für zarte Frauengemüter. Sie nickte, nahm ihren Schreibblock mit und verabschiedete sich.

Als sie die Tür hinter sich schloss, fragte Bösmüller: »So schlimm?«

»Viel schlimmer.«

Aigner beschrieb seinem Kollegen den Zustand der Leiche und fasste die Zeugenaussage des Obdachlosen Heinz Bauernfeind zusammen, den er nach der Besichtigung des Tatorts noch auf einen Mokka[1] im *Kursalon* im nahegelegenen Stadtpark eingeladen hatte.

»Die Leute im Kursalon haben zwar deppert[2] geschaut, aber das war mir wurscht[3]«, schloss Aigner seinen Bericht. Er sah Bösmüller an, der sich die ganze Zeit über die Hand vor den Mund gehalten hatte.

»Und was glaubst du, wer den Laimer so zugerichtet hat?«, fragte der Kollege.

»Ich frag' mich nicht wer ... sondern eher was.«

»Was willst du damit andeuten?«

»Dass den Laimer kein Mensch umgebracht haben kann.«

»Was denn sonst? Ein Tier vielleicht? Ein Wolf?«

»Ach, geh, Wolf. Wie kommst du auf so was?«

---

[1] Espresso
[2] dumm
[3] egal

»Was weiß ich. Vielleicht hat sich ja einer nach unten verirrt, in die Kanalisation. Vom Wienerwald aus vielleicht. Und dann ist er dem Verlauf des Wienflusses gefolgt und …«

Ein Wolf. Fritz dachte darüber nach. Viel abwegiger schien die Theorie auch nicht zu sein, als das Bild, das sich aus irgendeinem unbestimmten Grund in seinem Kopf manifestiert hatte, als er die Leichenteile des alten Karl neben dem Wasser liegen gesehen hatte.

»Sag mal, Bösmüller«, begann er und betrachtete die Glut seiner Zigarette. »Du hast mir doch vorgestern was erzählt von einem Krokodil, das die Leute im Donaukanal gesehen haben wollen.«

Bösmüller lachte. »Das glaubst du doch nicht im Ernst, Fritz? Oder?«

»Ich weiß nicht. Der Laimer war schon ordentlich herg'richt'[1] … irgendwas hat ihn regelrecht zerfetzt.«

»Oder irgendwer.«

»Nein, Bösmüller. Das schafft kein normaler Mensch.«

»Aber ein abnormaler vielleicht?«

»Vielleicht.«

Fritz resignierte. Er ahnte, dass er bei seinem Kollegen mit seiner Theorie nur Spott ernten konnte. Als Bösmüller die Stenotypistin zur Fortführung des Diktats hereinholte, verließ er das Büro. Er wollte in Ruhe telefonieren und ging gegenüber in das zur Zeit leer stehende Büro von Oberinspektor Haupt vom Raub, der sich gerade außer Haus befand. Kaum hatte er den schwarzen Telefonhörer von der Gabel genommen, wurde er mit der Zentrale verbunden.

»Oberinspektor Aigner hier. Ich bin im Büro vom Kollegen Haupt. Können Sie mich bitte mit irgendjemandem vom Tiergarten Schönbrunn verbinden? Am besten mit dem Direktor, ich nehme aber auch eine Vertretung oder so. Danke. Ja, bitte. Legen Sie mir das Gespräch ruhig auf das Telefon vom Haupt.«

Er wartete und lauschte Bösmüllers Stimme, die aus dem Nebenzimmer bis zu ihm drang. Vor seinem geistigen Auge entstand das

---

[1] hergerichtet, hier eigentlich: zugerichtet

Bild seines Kollegen, der während des Diktats Dorlis wohlgeformte Brüste streichelte. Das plötzliche schrille Läuten des Telefons verscheuchte dieses Bild, und er griff schnell zum Hörer, bevor Bösmüller auf das Klingeln aufmerksam wurde.

»Der Herr Direktor vom Tiergarten Schönbrunn«, sagte das Fräulein von der Vermittlung und stellte die Verbindung her.

»Doktor Brachetka?«, fragte Fritz in den Hörer. Der Name des Zoodirektors war ihm aus den Medien hinlänglich bekannt. Der Tierarzt, der in den Nachkriegswirren als bisher jüngster Zoodirektor die Leitung des zerstörten Tiergartens übernommen hatte, kümmerte sich seither medienwirksam um den Wiederaufbau.

»Ja, bitte?«, fragte der Zoodirektor. »Man sagte mir, Sie sind von der Kriminalpolizei?«

»Meine ergebenste Verehrung, Herr Doktor«, entschuldigte sich der Beamte. »Ich habe mich noch gar nicht vorgestellt. Oberinspektor Friedrich Aigner vom Wiener Sicherheitsbüro, Morddezernat. Ich habe eine vielleicht ungewöhnliche Frage an Sie, Herr Doktor.«

»Ja, bitte, Herr Inspektor. Worum gehts?«

Fritz registrierte, dass der um einige Jahre jüngere Arzt ihn nicht mit dem korrekten Dienstrang angesprochen hatte. Aber sollte er wirklich einen Herrn Doktor darauf aufmerksam machen? Der Oberinspektor verzichtete darauf und kam lieber gleich zur Sache.

»Vermissen Sie ein Krokodil in Ihrem Zoo, Herr Doktor?«

»Eines? Ich vermisse mehrere.«

Der Zoodirektor lachte, und Fritz lief es plötzlich eiskalt über den Rücken.

»Interessant. Und darüber können Sie auch noch lachen, wie? Warum machen Sie keine Meldung bei der Polizei, wenn Sie Krokodile vermissen?«

Fritz wurde eine Nuance lauter, versuchte aber, noch nicht endgültig in Zorn zu geraten.

»Ich wüsste nicht, wie die Polizei mir dabei helfen könnte, Herr Inspektor. Bin ich da wirklich mit der Kriminalpolizei verbunden?

Na, was solls. Es wird Ihnen ja vielleicht nicht entgangen sein, dass ein Großteil unseres Tierbestands dem Bombenhagel in den letzten Kriegstagen zum Opfer gefallen ist. Davon betroffen sind leider auch unsere Reptilien. Auch unsere Krokodile.«

Fritz Aigner atmete auf. »Ach so. Sie wollen mir also weismachen, es gibt gar keine Krokodile in Ihrem Zoo.«

»Schon lange nicht. Aber wir planen, das Reptilienhaus bald wieder mit neuen Bewohnern zu …«

»Danke, Herr Doktor«, unterbrach ihn Fritz. »Sie haben mir schon sehr geholfen.«

Dann legte er auf. Gerade rechtzeitig, denn die Tür zu seinem eigenen Büro gegenüber öffnete sich, und Fritz beobachtete Bösmüller, der eine Hand auf Dorlis Hintern legte, während er sich verabschiedete und für ihre Dienste dankte.

11

Das *Café Metternich* am Lugeck gehörte, neben dem *Café Sacher* bei der Oper und dem *Demel* am Kohlmarkt, zu den bekanntesten Kaffeehäusern im ersten Bezirk. Hier wie dort war die Hautevolee[1] zu Gast: die Reichen und Schönen, aber auch die Mächtigen des Landes sowie des Auslandes. Hier wurden Geschäfte abgeschlossen, Ehen arrangiert und Verschwörungen geschmiedet.

Heinrich Stolzenberg, der Einzelprokurist, hielt seit vier Jahren die Fäden des Lokals in der Hand und verstand es inzwischen meisterhaft, nicht nur Einfluss auf die Geschäfte des Cafés, sondern auch auf seine Besucher zu nehmen. Die Herren Politiker und Kunstschaffenden des Landes schien dies nicht zu stören; immerhin kam ihnen Stolzenberg jederzeit entgegen und stand bereits im Ruf, Wunder bewirken und Wünsche erfüllen zu können. Zumindest in Bezug auf die fleischlichen Gelüste seiner Stammgäste blieb kein Wunsch offen. In geheimen Hinterzimmern organisierte Stolzenberg regelmäßig Orgien für die feinen Herren der Gesellschaft. Auf seine

---

[1] abwertend für »vornehme Gesellschaft«

Diskretion konnte man sich dabei verlassen. Natürlich gab es diese Diskretion nicht kostenlos, und Stolzenberg musste nicht über Armut klagen. Manchmal wunderte er sich selbst, wie einfach es ihm gelang, manche hohen Würdenträger und Entscheider übers Ohr zu hauen – und wie bereitwillig sie es geschehen ließen.

Heute allerdings war keine seiner Orgien geplant. Es sollte ein ruhiger Abend werden, und vielleicht konnte er sich sogar einmal etwas früher nach Hause begeben. Er wohnte nicht weit vom Lugeck entfernt, in einer Wohnung, die er bereits während des Zweiten Weltkrieges sein Eigen nannte. Die jüdische Familie, die früher darin gewohnt hatte, war deportiert worden. Nach dem Krieg sah es für das frühere NSDAP-Mitglied und Offizier der Waffen-SS, Heinrich Graf von Stolzenberg, knapp aus. Er und seine Familie waren kurzzeitig von den Alliierten gefangen genommen und enteignet worden. Doch nach seinem Entnazifizierungsprozess stand er bald wieder auf eigenen Beinen und durfte sogar seine alte Wohnung in der Bäckerstraße erneut beziehen.

Stolzenberg plauderte mit dem Oberkellner Wilhelm, als Dr. Alois Dengler, der Direktor des Kunsthistorischen Museums, das Café betrat.

»Servus, Alois«, grüßte Stolzenberg.

»Servus, Heinrich. Servus, Herr Wilhelm.«

»Grüß Gott, Herr Direktor. Ein Mokka wie immer?«, fragte Wilhelm dienstbeflissen.

Dengler nickte. »Ja, bitte.«

Stolzenberg zwinkerte dem Kellner zu. »Der Mokka geht aufs Haus, Wilhelm. Und bringen Sie ihn bitte ins Hinterzimmer, wenn Sie so freundlich wären.«

»Selbstverständlich, die Herren.«

»Komm, Alois«, sagte Stolzenberg mit einem Wink und öffnete die Tür zum Nebenraum.

»Was machst du schon hier um diese Zeit?«, fragte Stolzenberg, als sich die Tür hinter ihnen schloss. Dabei schaute er demonstrativ auf seine Armbanduhr.

Sie setzten sich in den letzten Winkel des Raumes, Stolzenberg mit dem Rücken zur Wand.

»Hast du von dem Mord gehört? An dem Sandler?«, fragte Dengler leise und beobachtete die Tür, durch die Wilhelm bald hereinkommen würde.

»Ja, ich habe kurz was darüber gelesen, aber nur die Schlagzeile. Was interessiert dich ein toter Sandler, Alois?«

»Angeblich soll ihn ein Krokodil gefressen haben, Heinrich.«

»Ein Krokodil? In Wien? Bei *den* Temperaturen?« Stolzenberg verkniff sich ein Lachen.

»Sag ehrlich, Heinrich: Haben wir was damit zu tun?«

Die Tür öffnete sich, und Herr Wilhelm brachte die beiden Mokka. Er deutete eine knappe Verbeugung an, nachdem er die beiden Tabletts abgestellt hatte, und verließ stumm das Hinterzimmer.

»Möglich«, beantwortete Stolzenberg Denglers gestellte Frage, nachdem sich die Tür hinter dem Oberkellner wieder geschlossen hatte. »Ist vielleicht besser, du tauchst ein paar Tage bei mir unter.«

Dengler beobachtete Stolzenberg mit großen Augen, während dieser an seinem Kaffee nippte.

»Und ... du musst mir einen Gefallen tun.«

»Einen ... Gefallen?«, fragte Dr. Dengler leise.

12

»Du hast aber einen lieben Hund. Wie heißt er denn?«

Der fremde Mann lächelte freundlich und lüftete sogar seinen Hut ein wenig, wie zum Gruß.

»Das ist der Nicki«, antwortete die siebenjährige Henni Fischer.

»Darf ich ihn streicheln?«, fragte der ältere Herr und bückte sich dabei schon zu dem Dackel, den Henni an der Leine hielt. Nicki schleckte dem fremden Herrn über die Hände, und dieser streichelte ihn.

»Das ist aber ein Lieber. Ja, brav bist du, Nicki. Braver Nicki, gell?«

Henni stand daneben und wusste nicht recht, was sie machen sollte. Ihre Eltern hatten ihr eigentlich verboten, mit fremden Leuten zu reden, aber der Herr schien sich doch sehr für ihren Hund zu interessieren.

»Mögen Sie Hunde?«, fragte sie schüchtern.

»Ja, sehr«, sagte der Mann und blickte aus der Hocke zu ihr. Er und Henni befanden sich fast auf Augenhöhe.

»Ich liebe überhaupt alle Tiere«, fuhr er fort. »Ich habe selbst auch einige. Hunde, Katzen, sogar Hasen. Wenn du möchtest, dann kann ich sie dir ja mal zeigen.«

Henni machte instinktiv einen Schritt zurück und zog dabei an Nickis Leine.

»Ein anderes Mal vielleicht. Aber ich muss bald wieder nach Hause. Ich darf heute das erste Mal alleine mit dem Hund raus. Aber ich soll nicht zu lange wegbleiben, hat die Mama gesagt.«

»Wo wohnst du denn, Kleines?«, fragte der Mann.

Bevor Henni darüber nachdachte, zeigte sie die Straße hinunter zu dem Gemeindebau[1], in dem sie mit ihrer Mama und ihrem Papa wohnte.

»Ach so, dort drüben im Lorenshof? So ein Zufall, dort wohne ich auch.«

»Wirklich?«, fragte Henni. Sie konnte sich nicht erinnern, den angeblichen Nachbarn schon einmal gesehen zu haben.

»Ja, wirklich. Komm, Mäderl, wir haben den gleichen Weg. Ich begleite dich ein Stückerl.«

Der Mann erhob sich, und Henni ließ es nicht nur geschehen, dass er ihr die Hundeleine aus der Hand nahm, sondern auch, dass er sie an derselben Hand ein Stück die Gasse hinaufführte.

---

[1] Eine Form des kommunalen sozialen Wohnungsbaus

13

Vor dem *Elite-Kino* in der Wollzeile war einiges los. Aber nicht so viel, wie wahrscheinlich vor dem *Palast-Kino*, dachte Geli Vogel.

Viel lieber wäre sie in das andere Kino in der Josefstadt gefahren, wo wahrscheinlich immer noch die Premiere von *In 80 Tagen um die Welt* gefeiert wurde. Angeblich sollen sich dort sogar zahlreiche Hollywood-Größen eingefunden haben, und zu gern hätte die Dreiundzwanzigjährige zumindest einen kurzen Blick auf einen der weltbekannten Stars geworfen. Doch ihre Begleitung, der drei Jahre ältere Ernst Chalupa, hatte natürlich keine Karten mehr auftreiben können. Stattdessen hatte er sie in dieses Kino in der Wiener Innenstadt eingeladen, wo sie *Duell im Atlantik* gesehen hatten. Einen Kriegsfilm. Geli hasste Kriegsfilme, war aber dennoch der Einladung ihres Verehrers gefolgt. Die Alternative wäre gewesen, den Abend zu Hause mit ihren langweiligen Eltern zu verbringen, die seit mindestens fünf Jahren kaum noch ein Wort miteinander wechselten.

Der Film war gerade zu Ende gegangen, und die Zuschauer strömten aus dem Kinosaal hinaus auf die Straße. Offenbar wurde zur selben Zeit auch das Programm des direkt daneben liegenden *Kabarett Simpl* beendet, denn auch von dort kamen die Massen heraus. Die Damen und Herren aus dem *Simpl* erschienen dabei etwas eleganter als das Kinopublikum, was Geli mit einem Hauch von Neid bemerkte.

»Wollen wir noch was trinken gehen, Geli?«, fragte Ernst mit Hoffnung in der Stimme.

Sie warf einen Blick auf ihre dünne Armbanduhr.

»Ja, warum nicht?«, antwortete sie und zuckte mit den Schultern. »Wohin möchtest du gehen?«

»Vielleicht ins *Melodies*? Das ist nicht weit von hier. Etwa zehn Minuten zu Fuß.«

»Ja, wenn du magst«, antwortete Geli wieder achselzuckend.

Sie war noch nie in dem besagten Lokal gewesen, wusste aber von Freundinnen, dass es sich um eine Bar mit Tanzlokal handelte. Warum nicht? Vielleicht taute ihre Begleitung dort ein wenig auf, nachdem er den ganzen Film über stocksteif neben ihr gesessen und es nicht einmal gewagt hatte, ihre Hand zu berühren. Er schien jedenfalls glücklich über ihre Zustimmung und bot ihr nun sogar galant seinen Arm an. Sie hakte sich bei ihm ein, und gemeinsam drängten sie sich an den anderen Menschen vorbei in eine ruhigere Seitengasse, um schließlich Richtung Annagasse zu spazieren, wo sich ihr Ziel befand.

Im Laufe des weiteren Abends taute Ernst tatsächlich ein wenig auf. Er erwies sich als sehr spendabler Gastgeber, und Geli amüsierte sich prächtig, nachdem er sie sogar zum Tanzen aufgefordert hatte. Ernst war zwar kein guter Tänzer, aber in diesem Moment war Geli das völlig egal. Auch sie hatte nie eine Tanzschule besucht, und beide versuchten, das Beste daraus zu machen.

Sie vergaß völlig die Zeit, bis Ernst sie fragte: »Wollen wir vielleicht noch ein bisschen durch den Stadtpark spazieren, bevor ich dich heimbringe?«

Sie ahnte natürlich, dass Ernsts Absichten auf eine Schmuserei hinausliefen, aber solange es nur beim Schmusen blieb, hatte Geli nichts dagegen. Also willigte sie ein. Ernst holte ihre Übermäntel und Hüte von der Garderobe, und schließlich traten sie wieder in die eiskalte Nacht hinaus.

Geli fröstelte, und Ernst legte galant den Arm um ihre Schultern. Sie ließ es geschehen und lehnte sogar ihren Kopf an ihn. So gingen sie, ineinander verschlungen, Richtung Stadtpark, und es gelang ihnen nach ein paar Schritten, im gleichen Rhythmus zu gehen, ohne dass diese Haltung unangenehm wurde.

Wenige Minuten später saß Geli im Stadtpark auf einer Bank in Ernsts Armen und erhielt den ersten Zungenkuss in ihrem Leben.

Zu ihrer Überraschung gefiel es ihr. Noch vor Kurzem hätte sie die Vorstellung, dass ein Mann seine Zunge in ihren Mund schob, geekelt. Doch jetzt war alles anders. Sie genoss den Druck seiner Zunge auf ihrer, und ein warmes Gefühl breitete sich in ihrer Körpermitte aus. Ein Gefühl, das sie zum ersten Mal hatte, als sie ein Bild von Elvis Presley gesehen hatte. Vielleicht war es etwas unfair von ihr, ausgerechnet jetzt an Elvis Presley zu denken, während Ernst Chalupa aus Simmering dabei war, sein Bestes zu geben. Doch sie konnte es nicht verhindern und stöhnte lustvoll auf. Dieses Stöhnen bestärkte Ernst darin, weiterzugehen, und sie spürte seine Hand, die von ihrer Hüfte langsam hoch wanderte und dann ihre linke Brust streichelte. Sie hätte ihn fast davon abgehalten, doch auch diese Berührung empfand sie plötzlich als sehr erregend.

Doch dann hörte sie ein Geräusch hinter sich und schreckte auf. Sie drehte den Kopf von Ernsts Gesicht weg und sah sich um.

»Was ist los?«, fragte er keuchend. »Ist was?«

»Ich hab das Gefühl, da ist jemand.«

Auch sie keuchte vor Erregung. Trotzdem fühlte sie sich auf der Bank im dunklen Stadtpark plötzlich nicht mehr wohl.

Ernst sah sich um. »Was meinst du? Ein Spechtler[1]?«

»Ich weiß nicht, Ernst. Aber da hinten ... schau mal. Da bewegt sich doch was, oder?«

Sie zeigte auf eine Stelle zwischen den Gebüschen, und Ernst stand auf. Möglich, dass ihm selbst unwohl war, doch natürlich spielte er jetzt den galanten Retter und rief laut Richtung Gebüsch: »Falls da einer ist, komm lieber raus! Spanner haben wir hier nicht gern. Komm aus dem Gebüsch und dann schleich di'[2]!«

Ernst bückte sich nach einem dünnen, aber langen Ast, der vor ihm auf der Wiese lag. Drohend ging er einige Schritte vor, bis er genau vor den Büschen stand.

Geli saß noch immer auf der Bank und zitterte. Sie war sich plötzlich nicht mehr sicher, ob sie wirklich etwas gehört hatte. Sie wünschte sich, dass Ernst zurückkäme und mit den Küssen und Berührungen weitermachte.

---

[1] Spanner
[2] Hau ab

Doch dann bückte er sich etwas und sagte: »Du, Geli, da ist wirklich …«

Ein plötzliches Fauchen unterbrach seinen Satz, und im nächsten Moment sprang etwas Riesiges aus dem Gebüsch hervor.

Ernst schrie, und Geli fiel in den Schrei ein. Ein riesiges Maul, das wie das eines Krokodils aussah, schnappte nach Ernsts Beinen. Als er schließlich rücklings auf dem Boden landete, erkannte Geli, dass es tatsächlich ein Krokodil war, das Ernsts linkes Bein in seiner Schnauze hatte! Sie sprang auf und wäre fast auf das Untier zugelaufen, doch das riesige Monster ließ Ernsts Bein los und drehte plötzlich den Kopf zu ihr. Geli war geschockt und glaubte einen Moment lang, ihre Beine würden versagen. Doch dann bemerkte sie, dass sie wegrannte – so schnell sie konnte.

»Geli!«, hörte sie Ernst hinter sich schreien. Doch sie konnte einfach nicht stehen bleiben.

»GEEELI!«, rief Ernst jetzt noch lauter. Seine Stimme wurde dabei immer höher.

Als sie aus dem Stadtpark stürmte, konnte sie ihn immer noch kreischen und sogar das Knacken seiner Knochen hören, während sich das Untier knurrend und schmatzend über ihn hermachte.

14

Die Nacht hatte für Oberinspektor Fritz Aigner und seinen Kollegen, Inspektor Bösmüller, noch sehr lange gedauert. Am Abend hatten sie sich in Zivil unter die uniformierten Kollegen gemischt, die am roten Teppich vor dem Palast-Kino Spalier standen und die drängelnden Massen daran hinderten, die ankommenden Stars aus Hollywood sowie die heimische High Society zu berühren. Als der Dienst am roten Teppich endlich vorbei war, durften sich Aigner und einige andere Kriminalbeamte unauffällig ins Publikum mischen und sich sogar den Film ansehen.

Fritz war aber irgendwann während des dreistündigen Films eingeschlafen. Das entsprach zwar nicht unbedingt einer korrekten

Dienstauffassung, aber er konnte es auch nicht verhindern. Erst als Applaus aufbrandete und das Licht wieder anging, schreckte er hoch und hoffte, dass keiner seiner Kollegen seinen Fauxpas bemerkt hatte. Fritz setzte sich aufrecht hin, lächelte verlegen der Dame neben ihm zu und beobachtete den amerikanischen Schauspieler Yul Brynner, der gerade die Bühne vor dem nun geschlossenen Vorhang betrat.

Fritz' Englischkenntnisse waren leider nicht gut genug, um die Rede im Detail zu verstehen. Offensichtlich handelte es sich um einen Nachruf auf einen der Produzenten des Films, der bei einem Flugzeugabsturz ums Leben gekommen war. Trotzdem erhob sich der Polizist gemeinsam mit dem Rest des Publikums, das Brynners Rede mit stehenden Ovationen würdigte, und schob sich Richtung Foyer, wo er auf seine im Kino verteilten Kollegen treffen sollte.

»Was für ein großartiger Film!«, schwärmte Bösmüller, der auf einmal neben ihm stand. »Wie fandest du ihn, Fritz?«

»Ja, großartig«, antwortete dieser und wechselte sofort das Thema. »Wir müssen noch warten, bis sich die Menge ein bisschen zerstreut hat. Dann gehts weiter ins Palais Pallavicini. Beim Empfang mit den ganzen Großkopferten[1] müssen wir leider auch noch dabei sein.«

Bösmüller nickte. Ihn schien das im Gegensatz zu Fritz gar nicht zu stören. Obwohl er sich vor Tagen noch darüber beschwert hatte, schien der jüngere Kollege den ganzen Trubel, der gerade in Wien stattfand, zu genießen. Nun ja, wer konnte es ihm verdenken? Nach dem Krieg und der Besatzungszeit war man endlich wieder froh, dass es im Land aufwärts ging. Trotzdem sehnte sich Fritz nach seinem Bett.

15

Samstag, 29. März 1958.

Als Fritz aufwachte, stellte er mit Schrecken fest, dass er bis zehn Uhr vormittags geschlafen hatte, und ein schlechtes Gewissen mach-

---
[1] abwertend für einflussreiche Personen

te sich in ihm breit, bis er sich daran erinnerte, dass er heute dienstfrei hatte. Erleichtert atmete er auf und erhob sich schließlich doch aus dem Bett. Er schlurfte zur Toilette, machte sich anschließend einen Kaffee und stand später rauchend am Fenster. Es war immer noch sehr kalt draußen.

Zum ersten Mal seit Tagen fragte er sich, wie es wohl Frau Simon und ihrer Tochter ging. Vielleicht würde er seiner Nachbarin heute sogar einen Besuch im Spital abstatten. Das würde ihm helfen, die Zeit zu überbrücken, bis das Fußballspiel Rapid gegen Simmering begann, das er sich im Fernseher seines Stammwirtshauses ansehen wollte. Doch es kam anders. Die Türklingel riss ihn aus seinen Gedanken, und er schloss das Fenster, bevor er zur Wohnungstür schlurfte. Fritz spähte durch das Guckloch und erkannte den Hausmeister im Treppenhaus.

»Guten Morgen, Herr Oberinspektor«, grüßte dieser freundlich, als Fritz ihm die Tür öffnete. »Es tut mir leid, Sie so früh stören zu müssen. Noch dazu an einem Samstag. Aber … ich habe ein Telefongespräch für Sie. Der Herr am Apparat sagt, es sei sehr dringend.«

»Aha«, murmelte Fritz und griff nach seinem Bademantel.

»Wer kann das wohl sein?«, fragte er, während er mit dem Hausmeister die Stufen hinunterging. »Hoffentlich niemand vom Sicherheitsbüro.«

Aigner betrat die Wohnung des Hausmeisters, nahm den Hörer in die Hand und sagte: »Ja, bitte? Aigner hier.«

Es *war* das Sicherheitsbüro.

16

Oberinspektor Fritz Aigner stand zum zweiten Mal innerhalb von zwei Tagen vor einer grausam zugerichteten Leiche.

Diesmal war der verstümmelte Körper bereits ins Institut für Gerichtliche Medizin in der Sensengasse gebracht worden. Die Umstände des Fundorts und der Zustand des Opfers waren so außergewöhnlich, dass Dr. Wilhelm Holczabek, der stellvertretende Vorstand der Gerichtsmedizin, persönlich die Untersuchung übernommen hatte. Fritz war froh, mit Holczabek arbeiten zu können und nicht mit dessen Vorgesetzten, Dr. Leopold Breitenecker. Breitenecker war nach dem Krieg wegen seiner NSDAP-Mitgliedschaft und Verbindungen zum Rassenpolitischen Amt zwar aus dem Hochschuldienst entlassen, aber in diesem Jahr wieder als Lehrstuhlinhaber eingesetzt und zum Vorstand der Gerichtsmedizin ernannt worden. Dieser Gedanke wühlte Fritz innerlich auf, doch er schob ihn zur Seite und konzentrierte sich auf die Untersuchung.

»Also, wenn ich allein nach den Verletzungen gehe, würde ich fast annehmen, dass der Verstorbene von einem Tier – vielleicht sogar einem Krokodil – getötet wurde«, sagte Holczabek sachlich, was Fritz irritierte.

»Ein Krokodil? In Wien? Bei *den* Temperaturen?«

Fritz konnte es kaum glauben, dass der Gerichtsmediziner seine bisher für abwegig gehaltene Theorie soeben bestätigt hatte.

Holczabek blätterte durch seine Unterlagen. »Die Leiche zeigt tiefe Bissspuren, die auf einen sehr starken Kiefer und scharfe Zähne schließen lassen. Diese sind in einem Halbkreis angeordnet, was typisch für Krokodile ist. Die enorme Beißkraft hat dazu geführt, dass – wie bei der ersten Leiche – Körperteile abgerissen wurden. Außerdem Knochenbrüche, die auf große Krafteinwirkung hindeuten. Ein Mensch wäre dazu nicht in der Lage, zumindest nicht ohne technische Hilfsmittel. Wenn ich es nicht besser wüsste, würde ich sagen, euer Mörder ist ein Krokodil.«

Fritz nahm den Bericht in die Hand. »Wenn Sie es nicht besser wüssten, Herr Doktor? Was meinen Sie damit?«

»Na ja, Krokodile sind wechselwarme Tiere, Ektotherme. Ihre Körpertemperatur passt sich der Umgebung an. Sie haben ja selbst eben die derzeitig vorherrschenden Temperaturen erwähnt. Bei dieser Kälte würden ihre Muskeln nicht richtig funktionieren.«

»Halten Krokodile so eine Art Winterschlaf?«

»Theoretisch ja, aber praktisch leben sie in Gebieten, in denen ein Winterschlaf nicht nötig ist.«

»Aber die Spuren an der Leiche sprechen für sich, oder?«

»Absolut. Trotzdem ist es ein Rätsel.«

Fritz runzelte die Stirn. »Kennen Sie den Doppelmord in der Rue Morgue?«, fragte er den Arzt.

»Die Geschichte von Edgar Allan Poe? Natürlich. Warum fragen Sie?«

»War darin nicht ein Affe der Mörder? Ein entlaufener Orang-Utan, oder?«

»Ja, aber die Geschichte ist doch ziemlich unglaubwürdig, finden Sie nicht?«

»Das stimmt. Aber in diesem Fall … Glauben Sie, jemandem könnte ein Krokodil entlaufen sein?«

»Woher sollte es denn stammen? In Schönbrunn gibt es keine Krokodile, das habe ich überprüft.«

»Das haben Sie?«

»Freilich«, sagte Holczabek mit einem knappen Lächeln. »Ich dachte, das wäre ein naheliegender erster Schritt.«

Fritz erwähnte nicht, dass er ebenfalls schon diesen Schritt gegangen war, und erhob sich.

»Ich werde mal mit der Zeugin sprechen. Sie wurde nach Steinhof gebracht[1], da sie einen Schock erlitten hat.«

»Kein Wunder«, sagte Holczabek ernst. »Sie muss Schreckliches gesehen haben.«

17

Das Fußballspiel Rapid gegen Simmering konnte Fritz inzwischen getrost vergessen.

Der eigentlich freie Samstag war ereignisreicher gewesen, als er es geplant hatte. Nach seiner Fahrt quer durch Wien von der Gerichts-

---

[1] umgangssprachliche Bezeichnung für das Psychiatrische Krankenhaus auf den Steinhofgründen

medizin im 9. Bezirk nach Steinhof, wo sich das psychiatrische Krankenhaus befand, und dann wieder quer zurück Richtung Floridsdorf, entschied er sich, den Abend in einem seiner ehemaligen Stammbeisln[1] in der Nähe vom Mexikoplatz ausklingen zu lassen. Als Kind war er in dieser Gegend groß geworden. Damals hieß der Platz allerdings noch *Volkswehrplatz* und war 1934 in *Erzherzog-Karl-Platz* unbenannt worden. Erst vor zwei Jahren war es zur nächsten Namensänderung gekommen. Der Platz war im Andenken daran, dass Mexiko 1938 als einziger Staat der Welt, den Anschluss Österreichs an Deutschland nicht anerkannte, umbenannt worden. Fritz konnte sich nur schwer an den neuen Namen gewöhnen und nannte ihn immer noch *Erzherzog-Karl-Platz*. Schließlich hatte er sogar noch während des Krieges, mit seinen Eltern als Nachbarn, in dem Haus gewohnt, in dem er aufgewachsen war.

Das Haus gab es heute allerdings nicht mehr. Es war während der letzten Kämpfe in Wien weggebombt worden. Und seine Eltern mit ihm. Immer wieder drangen die Erlebnisse des letzten Krieges durch, und ihm war bewusst, dass er an etwas litt, das man heute als ›Kriegstrauma‹ bezeichnete. Einen Moment lang, als er die Zeugin im psychiatrischen Krankenhaus nach den Ereignissen der letzten Nacht befragt hatte, hatte er überlegt, ob er mit einem der Ärzte über sein eigenes Trauma sprechen sollte. Dann war ihm aber eingefallen, dass wahrscheinlich jeder hier in dieser Stadt, im ganzen Land, eine ganze Generation an demselben Kriegstrauma litt. Warum sich also großartig darüber aufregen? Noch dazu, da er vom Krieg bis auf die letzten Monate ohnehin kaum etwas mitbekommen hatte. Als Kriminalkommissar der Gestapo hatte er zwar auch einiges gesehen, aber ... er war nie an der Front gewesen. Was wusste er schon vom Krieg? Und all das Schändliche, Grausliche, das er vom Krieg mitgenommen hatte ... daran war er ja auch nicht ganz unbeteiligt gewesen. Ganz im Gegenteil ...

---

[1] Stammlokal

Er schüttelte den Kopf, lehnte am Tresen und starrte den Schaum seines Bieres an, der immer mehr in sich zusammenfiel. Hinter sich hörte er zwei Stammgäste diskutieren. Er kannte die beiden nicht, ebenso wenig wie den Wirt, dem das Lokal jetzt zu gehören schien. Jetzt ändert sich alles so schnell, dachte Fritz. Man will den Krieg vergessen ... keiner will darüber reden ... aber überall entstehen Mahnmale, Denkmäler ... Plätze werden umbenannt. Und trotzdem ... die alten Nazis kehren zurück. So, wie ich wieder zurückgekehrt bin.

»Hast du das Match gesehen? Fünf zu zwei für Rapid! Super haben's wieder einmal gespielt, die Burschen«, rief einer der beiden Betrunkenen quer über den Stammtisch.

»Na bitte, jetzt weiß ich sogar, wie das Spiel ausgegangen ist«, murmelte Fritz, trank den Rest des Bieres in einem Zug leer, legte drei Schilling auf die Theke und verließ grußlos das Lokal.

Hierher würde er wohl nicht mehr so schnell zurückkommen. Zu viele Erinnerungen. Und das, obwohl nichts mehr so war wie zuvor. Er stieg in sein Auto und wollte die Donau über die Reichsbrücke überqueren. Doch die Brücke war gesperrt, und Fritz zweifelte fast an seinem Verstand, als er Dutzende Soldaten in russischer Uniform herumstehen sah. Das Bild erinnerte ihn an den April 1945, als die Rote Armee diese Brücke erobert hatte.

»Bin ich jetzt schon komplett deppert?«, rief er und trat auf die Bremse.

Ja, auch die russischen Besatzungssoldaten hatten eine tiefe Wunde in seiner Psyche hinterlassen. Aber war es wirklich so schlimm, dass er sich gerade einbildete zu sehen, wie russische Soldaten vor der Reichsbrücke auf- und abmarschierten? Und das nach nur einem Bier?

Zu seiner Beruhigung sah er zwei uniformierte Polizisten einer Funkstreife, die neben ihren VW-Käfern stehend an ihren Zigaretten zogen und rauchten.

Fritz Aigner blieb mit seinem Auto direkt danebenstehen, kurbelte das Fenster hinunter und fragte: »Was ist denn da los? Was machen die ganzen Russen da vorne?«

»Keine Angst«, beruhigte einer der Polizisten lachend. »Die Reichsbrücke ist heute noch die ganze Nacht gesperrt. Die drehen da einen Film mit Yul Brynner und Deborah Kerr[1].«

»Ah, da schau her«, sagte Fritz, bedankte sich und kurbelte das Fenster hoch.

Da haben wir ja alle noch mal Glück gehabt, dachte er, während er eine Ausweichroute über den Handelskai nahm.

18

Montag, 31. März 1958.

Sophie Gruber ärgerte sich sehr darüber, dass Direktor Dengler jegliche ihrer Anfragen bezüglich der Krokodilmumie seit Tagen unbeantwortet ließ. Sie fasste allen Mut zusammen und versuchte, ihn persönlich aufzusuchen. Doch seine Sekretärin teilte ihr mit, dass sich Dr. Dengler bereits am Freitag krankgemeldet hatte. Ihr Tonfall verriet, dass es auch keinen Sinn machen würde, nach Dr. Denglers Privatnummer zu fragen. Sophie wusste aber auch selbst, dass sie es wahrscheinlich ohnehin nicht gewagt hätte, ihren Vorgesetzten privat wegen einer Sache anzurufen, der dieser offenbar keine große Bedeutung beimaß. Sie würde sich also schlimmstenfalls ein paar Tage gedulden müssen, bis dieser von seinem Krankenstand zurückkehrte.

Sie erzählte ihrem Studenten Isaac davon, den das Ganze offenbar weit weniger zu berühren schien.

»Mach dir nichts draus«, tröstete er sie mit seinem charmanten britischen Akzent. »Es gibt noch genug Schätze zu entdecken, da unten.«

»Es ärgert mich trotzdem, Isaac. Ich hätte einfach nur gerne gewusst, ob und was Doktor Dengler in dieser Sache unternimmt. Ob

---

[1] »Die Reise« von Anatole Litvak (USA, 1959)

wir es in die Ägyptische Sammlung nach oben aufnehmen sollen? Ich finde es als Ausstellungsstück sehr interessant, aber es sind noch zu viele Fragen offen. Und die sollten wir klären, bevor wir es in einer Vitrine ausstellen.«

»Und wenn wir es inzwischen selbst untersuchen?«, fragte Isaac mit einem unschuldigen Lächeln, das Sophies Herz wieder schneller schlagen ließ.

»Ohne seine Erlaubnis? Wir sollten eigentlich im Keller …«

»Du hast mehrmals eine Anfrage an ihn gerichtet, oder? Und er hat sie noch immer nicht beantwortet. Okay, vielleicht ist er gerade krank. Aber es ist doch auch in seinem Interesse, wenn es uns gelingen sollte, ein paar Geheimnisse zu lüften, oder? Du bist promovierte Archäologin und kannst Hieroglyphen lesen. Und ich verstehe auch ein wenig von der Materie. Also? Was hindert uns daran?«

Sophie war überzeugt. Sie erhob sich aus dem Stuhl im Aufenthaltsraum.

»Gut. Also? Worauf wartest du?«, fragte sie mit einem Lächeln.

»Gut. Gemma[1]«, antwortete er.

Sein Versuch, den Wiener Dialekt zu imitieren, ließ sie laut auflachen.

Gemeinsam gingen sie in den Keller, doch führte ihr Weg sie diesmal nicht ins Lager, sondern ins Labor, wo sich auch die Kühlkammern befanden. In einer davon war die Mumie nach ihren ersten Untersuchungen aufbewahrt worden. Doch als sie die betreffende Lade in der Kammer öffneten, traf Sophie fast der Schlag. Sie stand wie erstarrt vor dem leeren Kühlfach.

»Leer«, stieß sie erschrocken aus. »Sie ist leer.«

Verzweifelt blickte sie sich um. Die Mumie, deren Geheimnisse sie so dringend lüften wollte, war verschwunden. Ihr Herz raste, und ihr Verstand versuchte fieberhaft, die Situation zu erfassen.

---

[1] Gehen wir

»Das kann nicht sein«, sagte sie fast zu sich selbst, während sie immer wieder in die leere Lade starrte, als würde die Mumie dadurch von allein wieder auftauchen.

»Jemand hat die Mumie gestohlen, Isaac!«, rief sie. »Aber wer? Wer wusste außer uns beiden davon?«

»Außer uns beiden? Noch niemand. Außer …«

»Doktor Dengler«, sagten beide synchron.

Isaac legte ihr beruhigend eine Hand auf die Schulter. »Sophie, wir müssen herausfinden, was passiert ist. Wir dürfen nicht in Panik verfallen.«

»Aber wie?« Sophie fuhr sich nervös durch die Haare. »Wir sind die Einzigen, die von der Mumie wissen, zumindest dachte ich das. Und jetzt ist sie einfach weg!«

»Doktor Dengler …« Isaac sprach den Namen erneut aus, und diesmal klang es wie eine dunkle Ahnung.

Sophie nickte langsam. »Er ist der Einzige, der außer uns Zugang zu der Kammer hat. Aber warum sollte er sie mitnehmen, ohne uns etwas zu sagen?«

»Vielleicht sollten wir seine Sekretärin bitten, ihn für uns anzurufen?«, schlug Isaac vor. »Ist doch möglich, dass er sie selbst woanders hat hinbringen lassen, oder?«

»Aber warum sollte er das machen?«

Isaac dachte einen Moment nach. »Vielleicht wollte er uns nicht einweihen, weil es etwas Größeres gibt, das er verheimlichen will.«

»Du meinst, um die Lorbeeren über so einen erstaunlichen Fund selbst zu ernten?«

»Was meinst du? Würde er so etwas tun?«

Sophie zuckten mit den Schultern. »Zutrauen würde ich es ihm schon.«

Sie verließen den Keller und stiegen die Stufen in Dr. Denglers Büro hoch, um mit dessen Sekretärin zu sprechen. Nach langem guten Zureden nahm sie den Hörer in die Hand, konnte ihren Chef aber telefonisch nicht erreichen. Geknickt verließen Sophie und Isaac das Vorzimmer zu Denglers Büro.

»Was, wenn er krankgemeldet ist, weil etwas mit der Mumie passiert ist? Was, wenn er selbst in Gefahr ist?«, kam ihr plötzlich in den Sinn. »Nein, das ist lächerlich. Aber irgendetwas stimmt nicht. Wir müssen herausfinden, wer die Mumie entwendet hat, und warum. Wir dürfen keine Zeit verlieren. Wenn irgendetwas mit dieser Mumie nicht stimmt, müssen wir es herausfinden, bevor noch mehr passiert.«

19

Oberinspektor Fritz Aigner betrat an diesem Montag etwas später als sonst sein Büro. Nachdem er am Wochenende unfreiwillig Dienst geschoben hatte, dachte er, er könne sich das schon mal erlauben. Kollege Bösmüller war natürlich schon da und legte soeben den Telefonhörer zurück auf die Gabel, als Fritz die Tür öffnete.

»Guten Morgen«, grüßte Fritz. »Na? Schon so zeitig ein Telefonat?«

Mit dem Hut in der Hand stand er da, unschlüssig, ob er den Mantel gleich anlassen sollte, da Bösmüller wirkte, als sei er schon auf dem Sprung.

»Ja. Du, wir müssen gleich los. In der Fasangartenkaserne ist ein Bundesheerler[1] Amok gelaufen. Angeblich gibt es drei Tote.«

»Was? Na, dann fahren wir gleich los.«

Fritz setzte sich den Hut wieder auf den Kopf und öffnete die Bürotür, als das Telefon erneut klingelte.

Bösmüller hob den Hörer nochmal ab. »Ja, was ist denn?«, motzte er in die Sprechmuschel.

Mit dem Griff der offenen Tür in der Hand stand Fritz Aigner da und wartete auf seinen Kollegen.

---

[1] Soldat des Bundesheeres

»Du, da unten steht angeblich eine junge Dame, die den Diebstahl eines Krokodils melden will«, wandte sich Bösmüller nach einigen Sekunden an ihn.

»Bitte was? Im Ernst?«

Fritz ließ die Türklinke los, ging auf Bösmüller zu und nahm ihm den Telefonhörer aus der Hand.

»Oberinspektor Aigner hier. Was sagen Sie da?«

»Wie ich schon Ihrem Kollegen gesagt habe, Herr Oberinspektor. Hier steht eine junge Dame am Empfang, die einen Diebstahl melden möchte. Normalerweise weiß ich, dass das nichts für die Mordkommission ist, aber ... na ja, weil ich das mit dem Krokodil im Stadtpark gelesen habe ... die Dame behauptet nämlich, ihr sei ein Krokodil entwendet worden.«

Aigner dachte kurz nach, warf einen Blick auf die Uhr und wandte sich schließlich an seinen Kollegen.

»Du, Bösmüller. Glaubst du, du schaffst das alleine in der Fasangartenkaserne? Das hier könnte nämlich für den Mord am Wienfluss und im Stadtpark interessant sein.«

»Ja, passt schon. Ich schnapp mir den Amokläufer und du fängst in der Zwischenzeit das Krokodil.«

Er zwinkerte Aigner zu, schnappte sich beim Hinausgehen seinen eigenen Hut und Mantel und schloss die Tür hinter sich.

»Schicken Sie die Dame zu mir rauf«, sagte Aigner ins Telefon und bedankte sich.

Während er wartete, entledigte er sich seiner Überbekleidung und nahm sich etwas von dem Kaffee, den eine der Sekretärinnen bereits vorbereitet hatte. Da klopfte es auch schon an der Tür, und mit einem lauten »Herein!« forderte er seinen Besuch auf, einzutreten.

Fritz war etwas überrascht. Er hatte nur mit der angekündigten Dame gerechnet. Diese kam jedoch in männlicher Begleitung: ein dunkelhaariger, hochgewachsener Jungspund, etwas größer als Fritz selbst. Fritz merkte ihm sofort an, dass der Mann ›nicht von hier‹ war. Die junge Dame machte einen sehr ordentlichen und gepflegten

Eindruck. Sie schien etwas älter als ihre männliche Begleitung zu sein, aber so genau konnte Fritz in diesem Moment das nicht abschätzen.

»Guten Morgen«, grüßte er freundlich. Die jungen Leute erwiderten den Gruß, und Fritz erkannte sofort den britischen Akzent des Mannes. Mit den Engländern hatte Fritz in seiner Funktion als Polizist während der Besatzungszeit oft zu tun gehabt. Bis auf wenige Ausnahmen hatte er mit den Briten gute Erfahrungen gemacht.

»Sind Sie die junge Dame, die einen Diebstahl melden wollte?«, vergewisserte er sich.

»Ja, Herr ...«

»Aigner. Oberinspektor Friedrich Aigner. Bitte, setzen Sie sich.« Er zeigte auf zwei freie Stühle: einen Besucherstuhl sowie den von seinem Kollegen.

»Kaffee?«, bot er an.

Die Frau verneinte, der Engländer nahm das Angebot an.

»Was kann ich für Sie tun, Frau ...«

»Fräulein«, korrigierte sie ihn. »Mein Name ist Gruber. Doktor Sophie Gruber. Und der Herr ist ein Kollege von mir, Isaac Kane aus London.«

Fritz setzte sich auf seinen eigenen Stuhl und nickte. »Und, bitte? Was kann ich für Sie tun?«

»Ich möchte einen Diebstahl melden.«

»Das hat mir die Kollegin vom Empfang bereits gesagt. Sie sagten etwas von einem Krokodil, oder?«

»Genau, Herr Oberinspektor.«

»Jetzt würde mich zuallererst einmal interessieren ... Wie kommen Sie überhaupt zu einem Krokodil? So etwas hält sich doch keiner als Haustier.«

Die jungen Leute vor ihm sahen sich verwundert an, und Sophie Gruber fragte: »Wie bitte? Als Haustier? Nein, das ganz sicher nicht.«

»Gut. Dann würde ich mal sagen, Sie erzählen mir von Anfang an.«

»Also. Herr Kane und ich arbeiten im Kunsthistorischen Museum.«

»Was hat das mit dem entlaufenen Krokodil zu tun?«

»Entlaufen?«, fragte Kane. »Von entlaufen war niemals die Rede. Meine Kollegin sagte gestohlen, nicht entlaufen.«

»Moment einmal. Wovon reden wir da? Haben Sie etwa Krokodile im Museum?«

»Ja«, bestätigte Sophie. »Sogar mehrere.«

»Wollt ihr mich auf den Arm nehmen?«, fragte Aigner und ärgerte sich gerade darüber, Bösmüller nicht doch zur Gardekaserne am Fasangarten begleitet zu haben.

»Waren Sie noch nie im Museum, Herr Oberinspektor? In der ägyptischen Sammlung?«

»Jedenfalls nicht mehr seit Hitlers Rede am Heldenplatz.«

»Das ist ja schon zwanzig Jahre her«, stieß Sophie aus.

»Na, da sehen Sie, wie schnell die Zeit vergeht.«

Fritz überlegte, ob er das hier abbrechen und Bösmüller noch nachfahren sollte.

»Um was für Krokodile geht es da jetzt konkret?«, fragte er aber weiter. »Irgendwelche Skulpturen oder …«

»Mumien«, antwortete der Engländer.

»Mumien? Es gibt mumifizierte Krokodile? Wer macht denn so was?«

»Die Ägypter. Früher. Es gibt alles Mögliche, das mumifiziert wurde«, antwortete Sophie etwas schnippisch.

»Und eine solche Mumie wurde aus dem Museum gestohlen?«

»Genau deswegen sind wir hier, Herr Oberinspektor.«

Aigner lehnte sich in seinem Stuhl zurück. In seinem Kopf entstanden gerade seltsame Bilder. Er erinnerte sich an einen amerikanischen Film, den er vor Jahren im Kino gesehen hatte. Das musste sogar noch länger zurückliegen als sein letzter Besuch im Museum. Er hatte den Film damals schon als völligen Schmarrn empfunden. In dem Film ging es darum, dass eine mehrere tausend Jahre alte

Mumie zum Leben erweckt worden war. Das Bild eines in Leinen eingewickelten Krokodils tauchte vor ihm auf, das sich seiner Bandagen entledigte. So ein Blödsinn, dachte er. Eigentlich wollte er die jungen Leute am liebsten wegschicken. Mit Diebstahl hatte er nun wirklich nichts am Hut, selbst wenn es um Kunstraub ging. Er sah auf sein Telefon. Andererseits, wenn sie schon da sind, kann ich den Kollegen ja vielleicht zumindest ein bisschen Arbeit abnehmen, dachte er.

»Wie groß ist denn das Krokodil? Können Sie es mir beschreiben?«

Sophie legte ihm sogar eine Fotografie auf den Tisch.

»Das schaut aber irgendwie klein aus«, murmelte er.

»Ist es auch. Ungefähr so.« Sophie zeigte mit ihren Handflächen die ungefähre Größe des Artefakts.

»Ich muss ganz ehrlich zu Ihnen sein, Fräulein ... äh, Doktor Gruber und Herr ... äh, Kane? Man hat Sie zu mir geschickt, weil ich nach einem entlaufenen Krokodil suche. Das, nach dem ich suche, ist aber viel größer als Ihres und nicht so ... eingewickelt. Verstehen Sie? Sie sind daher bei mir leider völlig falsch. Gehen Sie doch bitte gleich mal gegenüber in das Büro der Kollegen vom Raubdezernat. Die werden Ihnen sicherlich helfen.«

Offensichtlich enttäuscht erhoben sich die beiden Museumsangestellten, bedankten sich aber dennoch und gaben ihm die Hand, bevor sie sein Büro verließen.

Endlich wieder allein im Büro griff er nach seinem Mantel am Garderobenständer. Es wäre immer noch nicht zu spät, hinaus zur Fasangartenkaserne zu fahren, um seinen Kollegen Bösmüller bei den Ermittlungen und Zeugenbefragungen zu unterstützen. Doch da läutete das Telefon erneut.

»Ja, bitte?«

»Herr Oberinspektor, bitte entschuldigen Sie, dass ich Sie schon wieder störe. Aber ich habe hier einen Herrn aus England, der sich gerne mit Ihnen unterhalten möchte.«

»Aber den Engländer habe ich doch gerade mitsamt seiner Kollegin zum Raub geschickt.«

»Entschuldigen Sie den Irrtum, Herr Oberinspektor. Bei dem Herrn handelt es sich um einen anderen Herrn aus England.«

»Was, zwei Engländer an einem Tag? Was ist denn los? Vorgestern die Russen auf der Reichsbrücke, ein Haufen Amerikaner aus Hollywood und heute die Engländer im Sicherheitsbüro. Man kommt sich ja vor wie während der Besatzung.«

»Fehlen nur noch die Franzosen«, nahm die Empfangsdame den Ball auf.

»Ja, genau. Die fehlen uns noch«, stöhnte Fritz. »Na gut, hat der Engländer gesagt, worum es geht?«

»Nein. Er will ausdrücklich mit Ihnen sprechen.«

»Kann er wenigstens Deutsch?«

»Ja. Sehr gut sogar.«

»Na ja, dann meinetwegen. Schicken Sie ihn rauf zu mir.«

Jetzt werde ich doch den Bösmüller alles allein machen lassen müssen, dachte Fritz mit einem Seufzen. Die Tür stand noch einen kleinen Spalt offen, und Fritz bemerkte die Bewegung im selben Moment, als jemand von draußen an das Holz klopfte.

»Darf ich eintreten?«, fragte eine männliche Stimme mit unverkennbar englischem Akzent.

»Ja, ja. Bitte. Kommen Sie nur.«

In der Sekunde darauf stand der zweite, ebenfalls sehr hochgewachsene Engländer an diesem Tag in seinem Büro. Im Gegensatz zu dem jüngeren Mann von vorhin trug dieser jedoch einen teuren Maßanzug und strahlte eine gewisse Autorität aus. Fritz schätzte ihn etwas älter als sich selbst. Er hatte volles eisgraues Haar, und obwohl er einen eleganten Gehstock bei sich trug, stand er völlig aufrecht vor ihm.

Der ist gut in Form, dachte Fritz. Jedenfalls besser als ich.

»Kommen Sie nur. Ich bin Oberinspektor Aigner. Nehmen Sie nur Platz. Mit wem habe ich die Ehre?«

»Guten Morgen, Herr Oberinspektor. Mein Name ist West. Ian West.«

20

»Ich komme direkt aus London zu Ihnen«, eröffnete der Engländer, nachdem er auf dem Besucherstuhl Platz genommen hatte. »Mit der ersten Maschine Ihrer *Austrian Airlines*.«

»Aber die *Austrian Airlines* fliegen doch erst seit heute zwischen Wien und London«, wunderte sich Fritz.

»Ich sagte ja gerade, dass ich mit der *ersten* Maschine gekommen bin.«

Fritz verstand endlich, was der Engländer ihm sagen wollte, und jetzt wurde der Mann ihm tatsächlich unheimlich. Wahrscheinlich war es kaum möglich gewesen, spontan noch einen Platz im ersten Austrian-Airlines-Flug zu ergattern. Der Mann hatte also die Reise nach Wien schon lange geplant, oder musste über einflussreiche Kontakte verfügen. Oder er war selbst eine sehr einflussreiche Person. Fritz tippte auf den britischen Secret Service, wollte seinen Besucher aber nicht direkt darauf ansprechen.

»Was führt Sie nach Wien, Herr ... äh, Mister West? Und vor allem ... was führt Sie zu mir?«, fragte er stattdessen.

»Lassen Sie ruhig den Mister weg und nennen Sie mich Ian«, schlug der Engländer vor.

Aigner nickte. »Gut. Dann Ian. Was führt Sie zu mir?«

Er verzichtete darauf, ihm ebenfalls eine vertraulichere Anrede anzubieten. Er hatte das Gefühl, dass der Besucher nur versuchte, Zeit zu schinden.

»Ich habe gehört, Sie haben ein ... äh, Problem mit Krokodilen in Ihrer Stadt. Sehr ungewöhnlich.«

Fritz lehnte sich verwundert zurück. »Ich ... hm, bin etwas erstaunt darüber, dass bis nach London darüber berichtet wurde. Und vor allem, dass Sie es wert genug fanden, deswegen extra nach Wien zu kommen. Was wissen Sie darüber? Und vor allem, wer sind Sie? Doch nicht etwa der Besitzer des Krokodils?«

Die Frage schien den Engländer offensichtlich zu amüsieren. Er verzog leicht die Lippen, bevor er antwortete: »Nein, ich bin nicht der Besitzer des Tieres. Ich bin Mitglied einer ... sagen wir mal, sehr geheimen Gruppe von Männern, die sich dem Kampf gegen das Böse verschrieben hat.«

»Ich ahnte es«, stieß Fritz aus. »Sie sind vom Geheimdienst, stimmt's? Haben etwa die Russen etwas mit dem Krokodil zu tun? Ich traue es denen zu, dass sie ...«

»Nein«, unterbrach ihn Ian West. »Die Russen haben damit gar nichts zu tun. Es sind Ihre eigenen Leute.«

»Meine ... eigenen Leute?«, staunte Fritz.

»Nicht Ihre persönlich. Aber Ihre ... Österreicher.«

»Moment, Moment ... Es stimmt also, dass in unserer Kanalisation ein Krokodil herumschwimmt?«

West nickte.

»Woher wissen Sie überhaupt davon?«, fragte Fritz.

»Ich bin mir ziemlich sicher, dass Ihr Krokodil nicht natürlichen Ursprungs ist.«

»Nicht natürlichen ...« Fritz schüttelte den Kopf. »Sagen Sie, Ian. Können Sie endlich damit aufhören, jede meiner Fragen so zu beantworten, dass sich mir der Schädel dreht? Ich verstehe nur Bahnhof.«

»Gut. Dann beginne ich am besten bei mir. Ich bin Dämonenjäger.«

Der Engländer sprach Deutsch mit Fritz, was dieser sehr begrüßte, da seine Englischkenntnisse trotz der ehemaligen Kontakte zu den Besatzungsmächten nie über wenige Vokabeln hinausgingen. Aber obwohl Ian West sich mit ihm in seiner Sprache unterhielt, glaubte Fritz das letzte Wort nicht ganz verstanden zu haben. Er wusste nicht, ob der Ausländer unter dem Begriff ›Dämonenjäger‹ dasselbe verstand, wie er.

Ian schien über das mangelnde Erstaunen des Polizisten selbst ein wenig überrascht.

»Es wundert Sie gar nicht, dass ich ›Dämonenjäger‹ gesagt habe?«

»Doch, eigentlich schon«, gab Fritz zu. »Ich weiß nur nicht, was Sie mir damit sagen wollen.«

»Dass ich Dämonen jage.«

»Dämonen? In welchem Sinn ist das zu verstehen?«

»In dem Sinn, in dem ich es gesagt habe. Ich. Jage. Dämonen.«

»Aha«, machte Fritz und warf einen Blick auf sein schwarzes Telefon auf dem Schreibtisch. Ob er vielleicht jemanden zur Verstärkung rufen sollte?

»Sie glauben mir nicht, oder?«, fragte der Engländer mit ruhiger Stimme.

»Schwierig. Weil ich mir immer noch nicht sicher bin, ob ich Sie richtig verstanden habe. Was meinen Sie mit Dämonen? Doch nicht etwa Geister, Gespenster, Werwölfe … sowas in der Art?«

»Doch. Sie haben es erfasst. Genau in der Art.«

»Gut. Dann muss ich Ihnen leider sagen, dass Sie bei mir falsch sind. Ich werde Sie nach Steinhof bringen lassen. Kennen Sie schon Steinhof?«

»Ich weiß, dass sich in Steinhof eine psychiatrische Klinik befindet, Inspektor. Ich kenne Wien, müssen Sie wissen. Ich war schon einige Male da.«

»Tatsächlich? In der Besatzungszeit?«

»Unter anderem. Aber auch vor dem Krieg und … während des Krieges. Inspektor Aigner, ich bin gekommen, weil ich Ihnen meine Hilfe anbieten möchte. Sie können mich sehr gerne für verrückt halten, aber spätestens beim nächsten Opfer werden Sie es bereuen, mir nicht zugehört zu haben.«

Fritz klopfte sich eine Zigarette aus der Packung und bot dem Besucher ebenfalls eine an. West nahm sie dankend entgegen, und Fritz zündete beide an.

»Erzählen Sie«, sagte Fritz. Er nahm sich vor, völlig unvoreingenommen in die Unterhaltung zu gehen. Was nützte es? In die Fasangartenkaserne würde er ohnehin schon zu spät kommen. Sicher hatte Bösmüller schon alles aufgenommen, und er würde nur noch im Weg herumstehen.

»Ich jage seit genau zwanzig Jahren Dämonen«, eröffnete der Engländer seine Erzählung. »Anfangs war ich genauso skeptisch wie Sie gerade. Doch glauben Sie mir, ich habe in den letzten zwanzig Jahren sehr viel gesehen. Und es ist fast ein Wunder, dass ich noch lebe. Während des Krieges kam ich für einige Zeit nach Bletchley Park in der Grafschaft Buckinghamshire. Von hier aus operierten die besten Kryptoanalytiker des Vereinigten Königreichs, um deutsche Verschlüsselungssysteme zu entziffern. Die Ergebnisse dieser Männer und Frauen waren übrigens maßgeblich für den Ausgang des Krieges.«

Fritz glaubte immer noch, dass sein Gegenüber nicht ganz bei Trost war. Der Engländer erzählte Dinge, von denen Fritz zum ersten Mal hörte.

»Sie haben Codes geknackt? Und von einem … Bletch … äh, wie?«

»Bletchley Park.«

»Genau. Von so einem Park habe ich auch noch nie etwas gehört. Ich dachte außerdem, Sie seien damals schon Monsterjäger gewesen?«

»Dämonenjäger«, korrigierte West. »Meine eigene Organisation schickte mich im Frühjahr 1941 nach Bletchley Park, weil die Codeknacker Nachrichten abgefangen hatten, mit denen sie wenig anzufangen wussten. Sie hörten den Funkverkehr des Deutschen Afrikakorps ab, konnten sich aber aus den Ergebnissen keinen Reim bilden. Neben den Nachrichten um Truppenverschiebungen und Einsätzen gab es immer wieder Hinweise darauf, dass die Deutsche Wehrmacht sich für okkulte Themen interessierte. Ich hörte dort zum ersten Mal von der ›Thule-Gesellschaft‹, einer völkisch-esoterischen Organisation, die uns zu dieser Zeit kaum bekannt war.«

Fritz Aigner durchfuhr ein Schreck. Ihm hingegen sagte der Begriff nämlich sehr wohl etwas. Fritz selbst hatte sich als Jugendlicher für die esoterisch ausgerichtete Organisation interessiert. Doch nach der Teilnahme an einer der geheimen Versammlungen, in der okkulte Rituale praktiziert worden waren, fand er das Ganze doch etwas zu abstrus und hatte sich, unter Mühen aber doch, von dieser Organisation wieder losgesagt. Er hatte schon sehr lange nichts mehr von der Thule-Gesellschaft gehört und dachte eigentlich, dass diese nach der endgültigen Machtübernahme der Nazis ihre Aktivitäten eingestellt hatte.

Plötzlich durchfuhr Fritz ein Gedanke. Hatte der Engländer ihn etwa wegen seiner ehemaligen Mitgliedschaft bei der Gesellschaft aufgesucht? Hatte man vielleicht vor Jahren in Bletchley Park irgendetwas über ihn herausgefunden, das ihm heute schaden könnte? Aber eigentlich war das ein Ding der Unmöglichkeit. Denn Fritz hatte mit den Okkultisten schon lange vor dem Krieg nichts mehr zu tun gehabt.

»Warum sind Sie zu mir gekommen?«, fragte Fritz streng. Er wollte endlich Klarheit schaffen und konnte sich nicht vorstellen, wie seine ehemalige Bekanntschaft mit den Okkultisten mit den Krokodilen zusammenhängen könnte, wegen denen dieser West doch angeblich nach Wien gekommen war.

»Ich bin noch nicht fertig«, sagte der Engländer.

Lag da etwa ein strenger Unterton in der Stimme des Besuchers? Fritz wurde nun der Kragen zu eng und am liebsten hätte er seine Krawatte etwas gelockert.

»Ich erfuhr in Bletchley Park von mehreren Artefakten, die aus Kultstätten in Afrika geraubt und nach Europa gebracht wurden. Leider war es uns bis heute nicht möglich, die geraubten Gegenstände zu identifizieren und ihren rechtmäßigen Besitzern zurückzugeben. Wahrscheinlich wird es uns auch niemals gelingen. Zumindest nicht restlos. Aber es gibt einen Gegenstand, über den wir sehr gut Bescheid wissen. Weil ich 1941 den entschlüsselten Funkspruch über einen großartigen Fund im Tempel von Kom Ombo selbst gelesen habe. Es handelte sich dabei um die Mumie des personifizierten Gottes Sobek.«

Der Engländer lehnte sich lächelnd zurück. Er sagte nichts mehr und ließ Fritz ratlos zurück.

»Sobek?«, echote er daher fragend.

»Oh«, machte Ian West. »Ich bin etwas enttäuscht. Ich dachte, aufgrund Ihrer ehemaligen Mitgliedschaft in der Gesellschaft wüssten Sie über ägyptische Götter besser Bescheid.«

Er weiß es also, schoss es Fritz durch den Kopf, und er lockerte jetzt tatsächlich den Knoten seiner Krawatte. Es war ihm dabei völlig egal, ob er sich mit dieser Handbewegung verdächtig machte. Sein mysteriöses Gegenüber schien ohnehin vieles über ihn zu wissen.

»Keine Angst«, beruhigte ihn der englische Besucher. »Ich bin nicht nach Wien gekommen, um Sie für Ihre früheren Taten anzuklagen. Oder diese gar zu exekutieren. Wenn wir das vorhätten, dann wäre das schon vor Jahren passiert. Dann hätten wir Sie nach Ihrer Zeit bei der Gestapo gar nicht erst wieder in den Polizeidienst zurückgelassen. Aber Sie waren uns immer schon als hervorragender und unerschrockener Ermittler bekannt. Und wir brauchen Sie genau da, wo Sie sich gerade befinden.«

Er zeigte auf Aigners Stuhl. »Ich bin gekommen, um Sie im Kampf gegen Sobek zu unterstützen«, eröffnete er dem Polizisten endlich.

»Im Kampf gegen Sobek? Ich wusste gar nicht, dass ich gegen einen Sobek kämpfe. Wer ist dieser Sobek? Mir sagt der Name gar nichts.«

»Sobek, mein lieber Herr Oberinspektor, ist eine Gottheit der alten ägyptischen Religion, die mit dem Nil, der Fruchtbarkeit, der Macht und den Krokodilen in Verbindung gebracht wird. Er wurde häufig als Mensch mit einem Krokodilkopf oder als Krokodil dargestellt.«

»Ach du Sch …«, entfuhr es Fritz, und er sprang auf. Er lief zur Tür und rannte auf den Gang hinaus.

»Was ist passiert?«, fragte der Engländer, während er ihm folgte.

Fritz ignorierte die Frage und riss die Tür des gegenüberliegenden Büros auf. »Servus, Haupt«, grüßte er den Kollegen vom Raubdezernat. »Sag', ist die Archäologin noch bei euch?«

Oberinspektor Haupt deutete auf die leeren Stühle vor sich. »Siehst du sie wo? Ist gerade weg. Vor ein paar Minuten.«

»Archäologin?«, fragte West und stützte sich auf seinen Gehstock.

»Nix für ungut. Danke«, sagte Fritz zu seinem Kollegen und schloss wieder dessen Bürotür.

Er sah seinem Besucher in die Augen, der trotz seiner jetzt gebeugten Haltung immer noch etwas größer war als er selbst. »Ja, kurz bevor Sie zu mir gekommen sind, war eine Archäologin bei mir. Sie wollte den Diebstahl einer Krokodilmumie bei mir melden. Ich dachte Sie …«

»Eine Archäologin? Wer war sie? Wie heißt sie?«

»Keine Ahnung … Sie muss … Sophie Müller … nein, Gruber. Sophie Gruber. Sie arbeitet im Kunsthistorischen Museum. Sie war in Begleitung eines Engländers hier.«

»Eines Engländers?« Ian West zog fragend die Augenbrauen hoch.

»Ja, ein Student glaube ich. Er heißt Isaac Kane. Sagt Ihnen der Name etwas?«

Ian West richtete sich auf, beantwortete aber die Frage nicht. »Wo befindet sich diese Sophie Gruber jetzt?«

Fritz Aigner zuckte mit den Schultern. »Keine Ahnung. Aber ihre Adresse wird sie ja wohl dagelassen haben.«

»Gut. Suchen wir sie auf, aber … könnten wir es so einrichten, dass ich diesem Mister Kane nicht begegne?«

»Was? Wie? Ich verstehe nicht ganz …«

»Die Zeit ist einfach noch nicht reif dafür, Herr Inspektor.«

21

Ian West hatte darauf bestanden, Sophie Gruber erst dann aufzusuchen, wenn er sicher sein konnte, dass sich dieser andere Engländer,

Isaac Kane, nicht mehr in ihrer Nähe befand. Dies dauerte länger als gedacht. Denn nach ihrer Anzeige im Sicherheitsbüro waren die beiden Archäologen wieder an ihren Arbeitsplatz im Museum zurückgekehrt.

Und selbst nach Feierabend hatten sie sich noch nicht getrennt. Sie waren vom Museum aus gemeinsam durch den Burggarten spaziert und hatten sich im *Adebar*, einem beliebten Jazz-Lokal, niedergelassen, in dem um diese Tageszeit jedoch noch keine Musik gespielt wurde. Fritz ahnte, dass es sich bei den jungen Leuten um kein Liebespaar handelte, aber es schien sich einiges anzubahnen. Vor allem die Frau hatte während des Spaziergangs immer wieder Körperkontakt zu ihrem jüngeren Kollegen gesucht und sich schließlich sogar bei ihm eingehakt, als sie durch den Burggarten gegangen waren. Er und sein englischer Begleiter hatten Abstand zu den beiden gehalten, und waren dabei zum Glück weder von Sophie noch von Isaac entdeckt worden. Doch als die beiden jungen Leute das *Adebar* betreten hatten, war ihre Beobachtung vorerst zu Ende.

»Da können wir nicht rein, ohne von ihnen gesehen zu werden«, sagte Fritz und schüttelte den Kopf. »Und wer weiß, wie lange die beiden jetzt da drinnen hocken.«

»Das sehe ich ein. Was schlagen Sie vor? Legen wir uns vor ihrer Wohnung auf die Lauer?«

Wieder schüttelte Fritz den Kopf. »Für wie lange? Und wer weiß, ob das Mädchen heute überhaupt nach Hause kommt? Was, wenn ihr englischer Gentleman sie zu sich nach Hause nimmt? Irgendwie deutet gerade alles darauf hin.«

Fritz überlegte, warum ihn das störte. Die alte Eifersucht, die er schon während der Besatzungszeit gegenüber den englischen und amerikanischen Soldaten empfunden hatte, wenn sie mit Wiener Mädel durch die Straßen flaniert waren, während er selbst noch immer keine Frau fürs Leben gefunden hatte? Er musste zugeben, dass er selbst an dieser Gruber Gefallen hätte finden können. Wenn ich nur jünger wäre, dann ... ja, dann. Er seufzte bei diesem Gedanken.

»Wir können natürlich versuchen, sie morgen aufzusuchen«, pflichtete ihm Ian West bei. »Ich hoffe nur, wir verlieren dabei nicht zu viel Zeit.«

Fritz zuckte mit den Schultern. Müde sah er auf seine Armbanduhr, wollte aber noch nicht nach Hause. Ob er ins Sicherheitsbüro fahren sollte? Sicherlich war sein Kollege Bösmüller inzwischen zurückgekehrt. Aber wenn er an die Arbeitsauffassung des Kollegen dachte, ahnte er, dass auch dieser bereits wieder in den Feierabend geflohen war. Und selbst wenn er eine Nachricht für ihn dagelassen haben sollte, wäre morgen dafür immer noch genug Zeit.

»Gehen wir in die *Kärntner Bar*«, schlug Fritz vor. »Die haben auch einen guten Scotch dort, oder was Sie sonst so in England trinken.«

Er deutete mit dem Kinn in die Richtung und zeigte dem Engländer den Weg.

22

An diesem Abend fand im Hinterzimmer des Café Metternich ein besonderes Treffen statt.

Frauen hatten heute aber keinen Zutritt. Ebenso wenig die Presse, die offiziell von den Orgien, die regelmäßig in diesem Kaffeehaus stattfanden, nichts wusste. Obwohl durchaus auch Journalisten zu der illustren Gästeschar gehörten, die vorwiegend aus Männern der gehobenen Gesellschaft und somit aus berühmten und weniger berühmten Vertretern aus Politik und Kultur bestand.

Heinrich Stolzenberg, mit einem strengen Gesichtsausdruck und einem Anzug, der seinen Einfluss zur Schau stellte, empfing jeden Einzelnen persönlich. Seine Augen schienen hinter der Fassade des höflichen Lächelns eine tiefe Berechnung zu verbergen. Als die ehrwürdigen Herren ihre Plätze einnahmen, übernahm er wie immer den Vorsitz und stellte sich mit einer fast autoritären Präsenz ans Kopfende des langen Tisches. Im schummrigen Licht des Raumes, der von schweren Vorhängen umgeben war und den Geruch von altmodischem Zigarettenrauch und bitterem Kaffee in sich trug, erhob Stolzenberg sein Glas. Er blickte in die Augen von Richtern, Theaterdirektoren, Museumskuratoren, Universitätsprofessoren und Politikern, darauf wartend, bis die Gespräche verstummten und er die volle Aufmerksamkeit seines Publikums hatte. Dann begann er mit seiner Ansprache.

»Heute, meine treuen Kameraden, blicken wir in eine bedeutsame Zeit zurück. Vor zwanzig Jahren, ebenfalls im März, gelang es unseren treuen Volksgenossen, unser geliebtes Heimatland Österreich, heim ins Deutsche Reich zu holen.«

Seine Stimme hallte in der Stille des Raumes wider, als ob die Wände selbst seine Worte verstärken wollten.

»Der Siegeszug durch Europa konnte nur mithilfe von Verrätern und Volksverhetzern gestoppt werden. Die alliierten Kräfte haben uns fast ins Mittelalter gebombt, doch bereits nach ihrem vermeintlichen Sieg haben sie schnell eingesehen, dass uns treuen Nationalsozialisten unrecht getan wurde. Schauprozesse, wie jene in Nürnberg, in denen viele unserer besten Männer geopfert wurden, sollten davon ablenken, dass weder die Amerikaner noch die Russen dieses Europa ohne unsere Hilfe hätten aufbauen können. Sie haben uns unsere besten Wissenschaftler genommen und in ihr eigenes Land geholt. Doch jetzt, gerade in diesem Moment, meine Kameraden, findet wieder ein Umdenken statt. Urteile, die nach dem Krieg gegen unsere Kameraden, aber auch gegen viele von euch ausgesprochen wurden, wurden und werden in diesen Tagen aufgehoben. Und warum? Weil sie eingesehen haben, dass ihre Urteile gegen uns nicht rechtens waren. Wir haben nur unsere Pflicht getan. Unsere Pflicht gegenüber dem Volk und unserer Heimat!«

Die Männer am Tisch begannen lautstark zu johlen, ihre Stimmen ein sich steigerndes Crescendo der Begeisterung, während sie mit ihren Gläsern anstießen. Doch inmitten des Tumults lag eine unheilschwangere Spannung in der Luft, als ob die Schatten in der Ecke des Raumes sich zusammenzogen und beobachteten, was gleich geschehen würde.

»Wir werden uns nicht nur unsere guten Namen und unsere Würde zurückholen, meine Kameraden. Nein, wir werden uns auch die Macht und schließlich den Endsieg über die niederen Völker dieser Erde holen.«

»Sieg Heil!«, rief jemand von weiter hinten, und der Rest der Männer stieg ein.

»Selbst die Götter sind uns wohlgesonnen in diesen Tagen, meine Kameraden!«, rief Stolzenberg und nickte dem Museumsdirektor Alois Dengler zu. Dieser erhob sich vom Tisch und ging zu einem kleinen Beistelltischchen, der von einem schwarzen Tuch abgedeckt war. Unter diesem Tuch aus Samt befand sich ein länglicher Gegenstand, den Dengler hervorholte. Erfüllt von Ehrfurcht legte er diesen Gegenstand vor Stolzenberg hin, der beide Arme mit den Handflächen nach unten über diesen Gegenstand ausstreckte. Einige der Männer, die weiter hinten saßen, waren aufgestanden, um ihn besser erkennen zu können.

»Dies, meine Kameraden«, erklärte Stolzenberg, »sind die Überreste des fleischgewordenen Krokodilgottes Sobek aus dem alten Ägypten. Unser Kamerad Brigadeführer Alois Dengler hier war selbst dabei, als dieser Gott aus seinem Gefängnis in Kom Ombo befreit und in unsere Stadt gebracht wurde. Wir glaubten ihn bereits verloren. Im Kampf um unsere Stadt verschollen oder geraubt, doch unser treuer Kamerad Alois hat keine Mühen gescheut, um dieses Artefakt neuerlich aus seinem Schattendasein zu befreien. Und heute, meine Kameraden, heute ist der Tag, an dem die Wende herbeigeführt werden wird.«

Mit einer feierlichen, fast rituellen Geste nahm Stolzenberg das mumifizierte Krokodil in seine Hände. Er hob es über seinen Kopf, seine Augen funkelten vor Ehrfurcht und Wahnsinn.

»Möge Sobek erwachen!«, rief er und die Männer hielten den Atem an, als sie in diesem Moment die Grenze zwischen der Realität und dem Unheimlichen zu spüren schienen. Er schloss die Augen und sprach eine Beschwörung aus, die er auswendig gelernt hatte, nachdem Dengler die Inschrift aus dem Inneren des Sarkophags für ihn übersetzt hatte.

O Sobek, Sobek! Aus den Tiefen des Urwassers
blickst du auf die sterbliche Welt herab.
Richte deinen furchterregenden Blick auf die starre, verlassene Hülle
deines Sohnes, des mächtigen Beschützers!
Fülle ihn mit der Kraft des Urstroms und dem Zorn der Fluten,
damit er als Herrscher der Dämmerlande wiederaufersteht!«

Die Männer hielten ihren Atem an, aber nichts geschah.

Erfüllt von Ehrfurcht legte Stolzenberg die Mumie wieder vor sich auf den Tisch und nickte erneut seinem Kameraden Alois Dengler zu. Dieser ging diesmal in einen anderen Nebenraum, und während die Herren stumm auf den Fortgang des Rituals warteten, griff Stolzenberg in die Innentasche seines Jacketts und holte einen Dolch hervor. Jeder erkannte den Dolch genau, auch wenn nur wenige von ihnen je einen dieser seltenen Gegenstände in ihren Händen gehalten hatten. Es handelte sich um den SS-Ehrendolch, der nicht allen SS-Mitgliedern vorbehalten gewesen war.

Während die Männer beobachteten, wie Stolzenberg die Klinge aus dem Schaft zog und mit der Spitze nach oben hob, kam Dengler aus dem Nebenzimmer zurück und trug diesmal in seinen Händen den schlaffen Körper eines etwa achtjährigen Mädchens.

Sie lebte noch, da sie sich schwach bewegte und auch seufzende Geräusche von sich gab. Es war aber unübersehbar, dass das Kind betäubt worden war.

Stolzenberg und Dengler nickten sich stumm zu. Sie hatten bereits im Vorfeld besprochen, wie das Ritual ablaufen und auf welche Weise das Kind dem ägyptischen Gott geopfert werden sollte, damit dieser wieder zum Leben erwache. Dengler hielt das Kind so, dass der Kopf nach hinten kippte, und stellte sich so hin, dass dieser genau über der Mumie des Krokodiles schwebte.

Stolzenberg stellte sich neben ihn, hielt die Spitze des Dolches gegen die Halsschlagader des Mädchens. Er schloss die Augen, flüsterte nochmals die Beschwörungsformel und stieß zu. Blut spritzte und benetzte sein Gesicht, seinen Oberkörper, sowie die Mumie des Krokodils, das noch unter ihm auf dem Tisch lag.

Die Männer im Raum warfen die Hände hoch und riefen: »Sieg Heil!«

23

Dienstag, 1. April 1958.

»Morgen, Bösmüller«, grüßte Fritz mit leichten Kopfschmerzen, als er sein Büro betrat. Der Engländer hatte ihn gestern ordentlich unter den Tisch getrunken. Aber hatte der Engländer überhaupt getrunken? Das hatte ihn schon die ganze Zeit auf dem Weg zur Arbeit beschäftigt.

»Morgen, Herr Oberinspektor«, antwortete sein Kollege mit einem breiten Grinsen.

»Warum grinst du so, Bösmüller?«, fragte Aigner säuerlich.

»Den Mord in der Kaserne. Ich habe gestern alles erledigt. Fall gelöst.«

»Na, bravo«, sagte Fritz laut und ärgerte sich insgeheim, dass er selbst noch immer nichts über den Fall wusste.

»Ein Gefreiter, übrigens der Sohn eines bekannten Rechtsanwalts, hat mit einem Kameraden Bundesheereigentum aus der Fetzenkammer[1] gestohlen. Als man ihm bei einer Spindkontrolle auf die Schliche gekommen ist, is' er durchdraht[2] und hat mit einer Pistole um sich geschossen. Er hat einen Oberleutnant erschossen und einen Stabswachtmeister sowie einen Kameraden schwer verletzt. Am Ende wollte er sich selbst umbringen. Jetzt liegt er allerdings erst mal im Spital.«

Aigner brummte zustimmend und zeigte auf eine kleine Schachtel auf seinem Schreibtisch.

»Was ist das?«, fragte er.

---

[1] Kleiderkammer
[2] durchgedreht, getobt

»Ach, das sind unsere neuen Dienstmarken.«

Aigner öffnete die Schachtel und fand darin eine kleine runde Scheibe aus Metall. In der Mitte befand sich ein Kreis mit dem Bundesadler darauf, und um diesen Kreis herum standen die Wörter »Bundespolizei – Kriminaldienst«.

»Fesch[1]«, sagte Aigner und strich mit dem Daumen über den Adler.

»Ja, finde ich auch«, antwortete Bösmüller, ohne die Ironie in Aigners Bemerkung zu bemerken. »Wir sollen sie aber erst ab morgen tragen.«

»Warum das?«

»Na ja, weil heute der 1. April ist. Unser Polizeipräsident meinte, wenn wir heute schon verkünden, dass wir neue Dienstabzeichen tragen, könnten die Leute glauben, es handle sich um einen Aprilscherz. Deshalb gibt es die Abzeichen offiziell erst ab morgen.«

»Aprilscherz«, murmelte Fritz. »So schaut das auch aus.«

Trotzdem löste er das Abzeichen aus seiner Verpackung und ließ es sogleich in einer seiner Hosentaschen verschwinden. Er blickte auf die Uhr an der Wand, verglich sie mit der Zeit auf seiner Armbanduhr, und im nächsten Moment hörte er ein Klopfen an der Tür. Ian West war pünktlich auf die Minute.

24

»Wir müssen das Fräulein Gruber persönlich zu Hause aufsuchen«, erklärte Fritz dem Engländer, als sie die Treppen im Kommissariat hinuntergingen. »Sie hat kein Telefon.«

Ian West sah auf seine Uhr. »Dann hoffe ich, dass sie allein zu Hause ist.«

»Darf ich fragen, warum Sie sich vor Ihrem Landsmann so fürchten?«

---

[1] hübsch

Ian lächelte. »Da haben Sie etwas falsch verstanden, Herr Oberinspektor. Ich fürchte mich nicht vor ihm. Es ist trotzdem besser, wenn wir uns nicht begegnen. Glauben Sie mir.«

Sie erreichten das Erdgeschoss und standen schließlich auf der Straße. Fritz blieb stehen und zog seine nagelneue Dienstmarke aus der Hosentasche.

»Wissen Sie, was das ist?«, fragte er und hielt die Kokarde[1] hoch.

Ian kniff die Augen ein wenig zusammen. »Eine Art ... Dienstmarke?«

»Ja, genau. So etwas in der Art. Aber erst ab morgen gültig. Heute ist es noch ein Aprilscherz.«

»Ich fürchte, ich kann Ihnen nicht folgen, Herr Oberinspektor.«

»Ab morgen darf ich mich damit im Einsatz als Kriminalbeamter legitimieren. Die Marken wurden allerdings heute schon ausgeteilt. Mir ist dabei nur eingefallen, dass ich von Ihnen keinen einzigen Hinweis auf Ihre Legitimation gesehen habe. Sie besitzen nicht einmal so ein Stück Blech, das darauf hinweist, was oder für wen Sie arbeiten. Selbst wenn Sie für den *Secret Service* arbeiten würden, hätten Sie doch irgendein Dokument oder zumindest ein Abzeichen, das Ihre Zugehörigkeit bestätigt.«

»Sie wollen, dass ich mich legitimiere?«

»Ja, oder mir zumindest beweisen, dass Sie für den Geheimdienst arbeiten.«

»Ich arbeite aber nicht für den Geheimdienst, Herr Oberinspektor.«

»Ach? Und für wen dann?«

»Das sagte ich doch bereits. Ich gehöre zu einer Organisation von Männern und Frauen, die gegen das Böse kämpfen. Und nein, ich meine damit nicht die Russen.«

»Was dann?«

---

[1] kreisförmiges Abzeichen, meist mit militärischer oder politischer Bedeutung

»Herr Oberinspektor, ich habe Ihnen bereits gestern erzählt, dass ich Dämonenjäger bin. Ich meine das tatsächlich wörtlich und nicht im übertragenen Sinne.«

West sah sich auf der Straße um. Sie waren allein, trotzdem zog er den Polizisten plötzlich am Ärmel in eine Nische an der Hausmauer.

»Sie sind Oberinspektor Fritz Aigner. Geboren am 18. Dezember 1908 in Wien. Sie wuchsen in einem militärischen Umfeld auf. Ihr Vater und Ihr Großvater waren Offiziere in der österreichisch-ungarischen Monarchie. Und ganz bestimmt hätten Sie einen ähnlichen Berufsweg eingeschlagen, wenn der Erste Weltkrieg nicht alles verändert hätte. Doch Sie wurden Polizist. Ein ziemlich Erfolgreicher sogar. 1932 klärten Sie den Mord an einer reichen Witwe fast im Alleingang und wurden schnell befördert. Im März 1938, unmittelbar nach dem Anschluss ans Deutsche Reich, wurden Sie und andere Kriminalbeamte in die Gestapo eingegliedert und Sie wurden zum Ersten Kriminalhauptkommissar befördert.«

Fritz war die Aufzählung seiner Biografie unheimlich. Vor allem das hintergründige Lächeln, das plötzlich auf Ian Wests Gesicht erschien, jagte ihm einen Schauer über den Rücken.

»Nationalsozialist waren Sie allerdings schon vor dem Anschluss«, sagte Ian leise und erklärte damit sein seltsames Lächeln.

»Hören Sie auf«, ermahnte ihn der Polizist.

»Ich wollte Ihnen nur zeigen, Herr Oberinspektor, dass ich über Informationen verfüge, die mittlerweile nur noch Geheimdiensten zugänglich sind. Ich habe keinen Fetzen Papier und kein Abzeichen, das mich als das ausweist, was ich bin. Aber wenn Sie möchten, beweise ich Ihnen, dass ich noch weit mehr über Sie weiß, als die bisher aufgezählten Eckdaten.«

»Aber warum? Warum machen Sie das alles? Wenn Sie so viel über mich wissen, warum melden Sie das nicht einfach Ihren Vorgesetzten? Ich wurde von den Alliierten überprüft und …«

»Ja, genau. Sie und viele andere von ehemaligen hohen SS- und NSDAP-Mitgliedern, die inzwischen wieder auf die Füße gefallen sind und oberste Ämter eingenommen haben.«

»*Oberinspektor* ist jetzt kein so hohes Amt.«

»Aber es ist ein Amt. Und seien wir ehrlich, Fritz, Sie können von Glück reden, dass Sie für Ihre Vergehen und Verbrechen während Ihrer Zeit bei der Gestapo nicht schon 1945 verurteilt und aufgehängt wurden.«

Fritz starrte dem Engländer in die Augen. Plötzlich zitterte er am ganzen Körper.

»Warum arbeiten Sie dann mit mir zusammen?«, brachte er endlich mit rauer Stimme hervor. »Oder haben Sie etwa vor, mich jetzt, nach so vielen Jahren, noch für meine Taten zu bestrafen?«

West schüttelte den Kopf.

»Nein. Wir brauchen Sie, Herr Oberinspektor. Nur mit Ihrer Hilfe kann es uns gelingen, das Grauen, das gerade durch Ihre Stadt schleicht, zu stoppen.«

»Nur mit meiner Hilfe? Aber warum? Was ist so besonders an mir? Warum ich und nicht Bösmüller?« Er zeigte dabei mit dem Daumen nach oben, als säße sein Kollege Bösmüller direkt über ihnen.

»Weil Bösmüller im Gegensatz zu Ihnen kein Mitglied der NSDAP und vor allem nicht der Thule-Gesellschaft war.«

Wieder fuhr ein Schreck durch seine Glieder.

»Davon wissen Sie auch? Das hatte ich selbst fast vergessen. Das ist schon ewig her, und ich interessierte mich auch nur kurze Zeit für diese Hirngespinste.«

»Mag sein. Aber in dieser Zeit lernten Sie einen gewissen Heinrich Stolzenberg kennen, nicht?«

Fritz dachte kurz nach. »Heinrich Graf von Stolzenberg?«

»Seinen Adelstitel dürfte er inzwischen wohl losgeworden sein.«

»Ja, ich kenne ihn. Ein ziemlich übler Bursche. Damals schon.«

»Wissen Sie, was er zurzeit macht?«, fragte West, als wüsste er die Antwort bereits.

»Keine Ahnung. Ich habe den Namen schon ewig nicht mehr gehört. Ich habe ihn bereits seit meiner Jugend aus den Augen verloren. Aber er ist innerhalb der SS ziemlich weit nach oben gestiegen, was ich so hörte. Ein- oder zweimal tauchte sein Name sogar in irgendwelchen Protokollen auf, mit denen ich bei der Gestapo zu tun hatte. Nach dem Krieg habe ich allerdings nichts mehr von ihm gehört. Ich denke, er wurde ermordet, hat sich selbst erschossen oder nach Argentinien abgesetzt. Was weiß ich.«

»Er leitet ein Kaffeehaus.«

»Wo? In Argentinien?«

»Nein. Hier. In Wien.«

Fritz fiel aus allen Wolken. »Immerhin kann er damit weniger Schaden anrichten als der Rest der Bande, die sich derzeit wieder in der Regierung ausbreitet.«

West schüttelte den Kopf. »Sie würden sich wundern.«

25

Ian West gab dem Polizisten keine weiteren Informationen preis und vertröstete ihn auf später. Zunächst war es wichtig, Sophie Gruber zu erreichen, bevor sie an ihrer Arbeitsstelle im Museum eintraf. Sie hatten Glück, denn just in dem Moment, als die beiden Männer vor Sophies Wohnung in der Lehárgasse auftauchten, öffnete sie die Eingangstür. Die Frau erschrak, als sie die beiden Gestalten im Treppenhaus sah, erkannte dann jedoch den Polizisten.

»Herr, äh, Oberinspektor, richtig? Es tut mir leid, ich habe Ihren Namen vergessen.«

»Aigner. Oberinspektor Aigner«, sagte Fritz, widerstand jedoch dem Impuls, seine neue Dienstmarke zu zeigen.

»Ah, stimmt.« Sie warf einen schüchternen Blick auf den hochgewachsenen Engländer. »Ich habe es leider sehr eilig, Herr Oberinspektor, und ehrlich gesagt, wundere ich mich auch etwas über Ihren Besuch. Sagten Sie nicht gestern, dass Sie für Raub und Diebstahl nicht zuständig seien?«

»Das bin ich auch immer noch nicht, Fräulein Gruber. Dennoch hätten wir ein paar Fragen an Sie. Machen Sie sich keine Sorgen wegen Ihrer Arbeit. Ich kann gerne bei Ihrer Dienststelle anrufen und …«

»Nein, bitte nicht«, unterbrach sie ihn hastig. »Ich möchte nicht, dass Doktor Dengler von meinem gestrigen Besuch bei Ihnen erfährt. Ich ärgere mich mittlerweile selbst darüber, dass wir überhaupt die Polizei eingeschaltet haben.«

Sie schien verwirrt, nickte jedoch schließlich und ließ die beiden Männer in die Wohnung. Obwohl sie sich inzwischen unsicher über die Diebstahlsmeldung war, berichtete sie ihnen alles, was sie über das Verschwinden der Mumie wusste, wobei sie eng beieinander an dem kleinen Tisch in ihrem Wohnzimmer saßen. Fritz bemerkte, dass er noch keinen Kaffee getrunken hatte, und bedauerte, dass die junge Frau keinen anbot. Sie wirkte nervös, kein Wunder – es kam sicherlich nicht oft vor, dass die Polizei unerwartet an der Tür klopfte.

»Sie erwähnten Fotografien«, sagte Fritz, nachdem Sophie ihre Geschichte beendet hatte. »Wo bewahren Sie diese auf? Im Museum?«

Sie schüttelte den Kopf. »Nein, ich hatte Angst, dass sie auch verschwinden könnten. Deshalb habe ich sie mitgenommen.«

Sie stand auf und öffnete die oberste Schublade einer Kommode, entnahm ihr die Bilder und legte sie auf den Tisch. Der Engländer, der bisher geschwiegen hatte, nahm die Fotografien in die Hand. Die erste zeigte den kleinen Sarkophag der Mumie. Auf dem zweiten Bild war die Mumie selbst zu sehen, und auf dem dritten die Inschriften im Inneren des Sarkophags.

»Das hier«, sagte Ian West und hielt das Bild mit den Inschriften hoch, »ist eine Beschwörungsformel, die den Gott Sobek zurück in unsere Welt holen soll.«

Sophie starrte ihn mit offenem Mund an. »Sie können Hieroglyphen lesen?«

»Sagen wir so: Ich verstehe ein wenig davon.«

Fritz hielt das für eine starke Untertreibung. »Und wie funktioniert das? Liest man den Text laut vor? Und in welcher Sprache? Weiß man überhaupt, wie diese Sprache geklungen hat?«

»Das ist tatsächlich unbekannt«, antwortete die Archäologin. »Die Hieroglyphen geben keine Hinweise auf die Aussprache der einzelnen Wörter. Die Wissenschaft versucht, das anhand anderer verwandter Sprachen zu rekonstruieren.«

»Ich glaube aber nicht, dass die korrekte Aussprache bei der Beschwörung eine große Rolle spielt«, warf Ian ein und zeigte auf eine weitere Inschrift auf dem Foto. »Viel wichtiger ist das hier.«

»Und was ist das?«, fragte Fritz.

»Eine Botschaft an die Nachwelt, dass sieben Opfer nötig sind, um Sobek zurückzuholen«, erklärte Sophie.

»Sieben Opfer? Warum ausgerechnet sieben?«

»Weil die Sieben eine heilige Zahl ist«, antwortete Sophie.

»Die Sieben galt als heilig und magisch«, ergänzte Ian West. »Sie spielt in vielen religiösen und rituellen Kontexten eine Rolle. Zum Beispiel gab es die sieben Jahre der Hungersnot in der Geschichte von Josef und dem Pharao, und der siebte Tag wurde als der Tag der Schöpfung angesehen.«

»Von welcher Art Opfer sprechen wir hier? Menschenopfer?«

»Definitiv«, sagte Ian und zeigte auf eine Hieroglyphe, als könne Fritz sie lesen. »Das dritte Opfer muss eine Jungfrau sein. Ihr Blut setzt die Fleischwerdung Sobeks in Gang.«

»Was? Das Blut einer Jungfrau? Und wer bringt diese Opfer? Wer soll …« Fritz' Augen weiteten sich. »Das Krokodil! Im Wienfluss!«

»Genau«, bestätigte Ian. »Unter anderem. Als der Deckel dieses Sarkophags geöffnet wurde, wurden Schutzgeister freigesetzt. Sie manifestieren sich in der Nähe von Wasser und holen sich ihre Opfer für Sobek.«

Er sah dabei zu Sophie, die unruhig auf ihrem Stuhl hin und her rutschte. »Es ist nicht Ihre Schuld«, beruhigte er sie. »Sie konnten es nicht wissen, denn die Botschaft befand sich im Inneren des Sarkophags. Aber diese Schutzgeister manifestieren sich jetzt als Krokodile.«

»Schutzgeister?« Fritz erhob sich plötzlich. »Sprechen wir hier von mehreren?«

West nickte. »Ja. Es gibt nicht nur ein Krokodil, das in Wien sein Unwesen treibt, sondern mehrere.«

26

»Es ist vollbracht«, verkündete Heinrich Stolzenberg seinem Getreuen Alois Dengler, als sie sich wieder ins Hinterzimmer des Café Metternich zurückgezogen hatten.

»Ist es das? Wie kommst du darauf?«, fragte Dengler skeptisch, während er an seinem Mokka nippte. Er bemerkte, dass Heinrich seinen Kaffee noch gar nicht angerührt hatte, was äußerst ungewöhnlich war.

»Sobek hat zu mir gesprochen.«

»Hat er das?« Alois wirkte skeptisch. »Und was hat er gesagt?«

»Er hat uns erhört. Er wird zurückkehren. Als Dank wird er uns die Macht zurückgeben, die uns zusteht. Wir werden wieder herrschen, Alois.«

Heinrich lehnte sich vor, und Alois bemerkte zum ersten Mal goldene Punkte in dessen Augen. Seltsam, dachte er, wo kommt das Licht her?

»Aber diesmal machen wir es richtig, Alois. Diesmal stehen die Götter auf unserer Seite.«

Alois spürte plötzlich ein Unbehagen in Heinrichs Nähe. Irgendetwas hatte sich verändert. Heinrich war schon immer fanatisch gewesen, immer auf Macht aus, und hätte das Deutsche Reich vor dreizehn Jahren nicht den Krieg verloren, wäre er vermutlich an die Spitze gelangt. Der Führer hatte große Stücke auf ihn gehalten. Es grenzte an ein Wunder, dass Heinrich Graf von Stolzenberg nie für seine Taten zur Rechenschaft gezogen wurde. Er hatte viele Fäden in der Hand, jedoch immer geschickt im Verborgenen agiert. Jetzt, als Betreiber eines Kaffeehauses, hielt er sich bewusst im Hintergrund, zog aber weiterhin seine Strippen. Doch eines Tages, wenn die Zeit reif war, würde er zuschlagen. Und die Zeit schien bald gekommen.

Dank meiner Hilfe, dachte Alois nicht ohne Stolz. Er wusste, dass Heinrich ihn nicht vergessen würde, wenn es so weit war.

»Was sind unsere nächsten Schritte, mein Führer?«, fragte er ergeben.

Heinrich lehnte sich lächelnd zurück. »Zunächst einmal braucht Sobek mehr Opfer. Seine Schutzgeister wurden durch unser Ritual noch stärker. Sie schwärmen aus, um sich den Blutzoll zu holen. Wir sind kurz vor dem Ziel.«

Heinrich lehnte sich zurück und begann, sich an der Brust zu kratzen.

»Ist alles in Ordnung?«, fragte Alois besorgt, als das Kratzen heftiger wurde.

Heinrich hielt inne. »Ja, alles in Ordnung. Es ist nichts.« Er griff nach einer Zeitung, die neben seinem Kaffee lag. »Ein großes Ereignis steht bevor, Alois. Ein Ereignis, bei dem wir erstmals wieder als Einheit und Macht auftreten werden. Schau hier!«

Er schlug die Zeitung auf und legte sie vor Alois auf den Tisch. Dieser überflog die Schlagzeilen, fand aber nicht sofort, worauf Heinrich hinauswollte.

»Was meinst du?«

»Das hier.« Heinrichs Finger blieb auf einer kleinen Randnotiz stehen. Alois bemerkte den ungewöhnlich spitzen und langen Fingernagel seines Freundes und las die Notiz laut vor: »Große Film-Gala in der Hofburg. Meinst du das?«

»Ja«, sagte Heinrich zufrieden. »Diesen Freitag wird die Filmcrew um Anatole Litvak in der Hofburg verabschiedet. Tausende Gäste werden erwartet. Yul Brynner, Deborah Kerr, Jason Robards – diese Hollywood-Stars, die sich in den letzten Wochen in Wien wie Könige aufgeführt haben. Aber das ist unser Vorteil. Über dieses Ereignis wird weltweit berichtet. Selbst Politiker werden dort sein: Nationalratspräsident Hurdes, Staatssekretär Kreisky, sogar der Bundespräsident. Aber weißt du, was das Beste daran ist?«

Alois verstand endlich und grinste. »Dass wir ebenfalls eingeladen sind?«

Heinrich lachte und klatschte sich auf den Oberschenkel. »Ganz genau! Wir müssen uns nicht einmal einschleichen. Wir und unsere Kameraden gehen ganz offiziell über den roten Teppich und dann schlagen wir zu! Wir vernichten die rote Brut, die sich um den Bundespräsidenten schart, und am selben Tag übernehmen wir die Macht.«

»Das ist bereits in drei Tagen«, gab Alois zu bedenken. »Brauchen wir nicht mehr Zeit zur Vorbereitung?«

Heinrich schüttelte den Kopf. »Jetzt oder nie. Die Zeit war noch nie so günstig. Diese Gelegenheit dürfen wir uns nicht entgehen lassen. Wir müssen diesen Freitag zuschlagen.«

Alois nickte.

»Sobek braucht nur noch vier Opfer. Wir müssen nichts weiter tun, als abzuwarten. Seine Geister werden das erledigen. Das Blut des Mädchens hat ihm die Kraft dazu gegeben.«

Das goldene Leuchten in Heinrichs Augen war nun noch stärker geworden. Alois wurde klar, dass dieses Funkeln nicht von außen kam. Es kam von innen.

»Noch etwas«, sagte Stolzenberg und faltete die Zeitung wieder zusammen.

»Was, mein Führer?«

»Deine Mitarbeiterin, diese Archäologin. Unternimm etwas wegen ihr.«

»Was? Wieso?«

»Sie weiß zu viel. Sie war es doch, die Sobek aus seinem Gefängnis befreit hat, oder?«

»Ja, aber ...«

»Dann. Unternimm. Etwas.«

Das goldene Licht in Stolzenbergs Augen brannte nun noch heller.

27

Es dämmerte bereits, als Leopold Denk den Franz-Josefs-Kai entlang heimwärts spazierte.

Er wohnte im zweiten Bezirk, auf der anderen Seite des Donaukanals, und hatte zuvor noch einige Gasthäuser in der Inneren Stadt besucht. Seine Schritte waren unsicher, der Alkohol tat sein Übriges, aber er war in Rente und fühlte sich niemandem mehr verpflichtet. Vor zwei Jahren war er nach Wien zurückgekehrt, nach zwölf langen Jahren in russischer Kriegsgefangenschaft, was nur wenigen seiner Kameraden gelungen war. Der Krieg hatte ihm alles genommen. Er, der zuvor eine gute Stellung in einem Bankhaus gehabt hatte, musste in die Uniform, obwohl er mit Hitler und den Nazis nichts anfangen konnte.

In Gedanken über sein verlorenes Leben versunken, hörte Leopold plötzlich ein Gelächter von der Seite.

»Wohin des Weges, Opa?«

Eine junge Männerstimme, umringt von den höhnischen Lachern einer Gruppe Halbstarker, die auf der Straße herumlungerten. Leopold ignorierte sie zunächst, drehte dann aber instinktiv den Kopf. Die Jungen wirkten bedrohlich. Einer stellte sich ihm in den Weg, ein muskulöser Typ mit fettigem, zurückgeschmiertem Haar und einer schwarzen Lederjacke.

»Geh mir aus dem Weg und sucht euch lieber eine Arbeit, ihr G'sindl[1]«, krächzte Leopold.

Der Junge jedoch stieß ihn mit dem Finger in die Brust. »Sonst was, Opa? Was arbeitest du denn? Was trägst *du* zur Gesellschaft bei?«

Leopold platzte der Kragen. »Als ich so alt war wie du, habe ich Russen in den Arsch getreten! Geh zur Seite, bevor ich *dir* in den Arsch trete!«

---

[1] für Gesindel: arbeitsscheue, kriminelle Menschen

Diese Worte entlockten der Bande nur noch mehr Gelächter. Leopold spürte, dass er hier in Schwierigkeiten war. Die Jungen rückten näher. Doch plötzlich lenkte einer von ihnen die Aufmerksamkeit auf etwas anderes.

»Schaut mal! Da hinten! Was ist das?« Sie wandten sich in die Richtung, die der Junge angab. Im schwachen Licht erkannten sie eine Gestalt, die reglos am Boden lag.

»Ist das ein ...?«

Der Anführer der Gruppe näherte sich dem Objekt und wollte gerade etwas sagen, als ein markerschütternder Schrei die Luft zerriss.

Das, was vor ihnen lag, war kein Mensch – es war ein riesiges Krokodil! Mit einem einzigen, schnellen Sprung hatte das Reptil den Jungen ergriffen, und sein Maul schloss sich um dessen Oberkörper. Die übrigen Halbstarken schrien und liefen davon.

Nur Leopold, unfähig zu fliehen, sah mit an, wie das Krokodil den Jungen vor seinen Augen verschlang.

28

In der Rotenturmstraße standen die Autos dicht an dicht, und es schien, als würde sich heute nichts mehr bewegen. Schuld daran war der Regen, doch die Straßen waren um diese Zeit ohnehin immer verstopft. Der 30-jährige Maurergeselle Franz Streit verfluchte innerlich, dass er in ein Taxi gestiegen war, das sich schon seit mehreren Minuten nicht mehr vom Platz bewegt hatte.

Warum verlieren die Wiener bei Regen jedes Mal die Fähigkeit, Auto zu fahren?

Da er aber selbst keinen Führerschein besaß, behielt er den Gedanken lieber für sich. Franz starrte auf das Taxameter, das einen immer höheren Betrag anzeigte. Ob es unhöflich wäre, einfach hier am Lugeck auszusteigen und quer durch die Stadt zum Bahnhof Hauptzollamt zu laufen? Ein Blick auf seine Armbanduhr verriet ihm, dass er bereits spät dran war. Wenn er aber noch länger in diesem Taxi blieb, hatte er bald nicht mehr genug Geld, um seiner Verlobten Maria wenigstens ein Getränk ausgeben zu können.

»Ich steig da vorne aus«, teilte Franz dem Taxifahrer mit.

»Was? Jetzt schon? Wollens jetzt nimmer zum Hauptzollamt, der Herr?«

Der Fahrer klang genervt. Doch das war Franz egal. »Ich geh' lieber zu Fuß. Sonst sitz' ich hier noch bis Ostern.«

Ohne eine Antwort abzuwarten, kramte er sein Portemonnaie hervor, zahlte den angezeigten Betrag und legte ein kleines Trinkgeld obendrauf. Er öffnete die Tür, sprang hinaus in den Regen und schlug den Kragen seines Mantels hoch. So schnell es ging, lief er am Lugeck am Café Metternich vorbei in die Bäckerstraße und weiter Richtung Ringstraße. Als er am Stadtpark vorbei war und endlich die Stubenbrücke erreichte, hörte er den Schrei einer Frau hinter sich.

Er blieb stehen und drehte sich um. Was war passiert?

Noch mehr Menschen schrien auf und Franz sah sie panisch davonlaufen. Verwirrt sah er sich um, bis er endlich nach unten blickte.

Direkt hinter ihm lag ein Krokodil! Erschrocken wich er zurück, doch es war zu spät. Fast gemächlich schnappte das Tier nach seinen Beinen und Franz stürzte.

Schmerz durchzuckte ihn, und er begann zu schreien. Der schreckliche Kiefer des Krokodils schnappte wiederholt auf und zu, und Franz verlor endgültig das Bewusstsein, bevor das Tier ihn weiter zerfleischte.

29

Das dritte Opfer an diesem Abend erregte nicht so viel Aufsehen, wie jene am Donaukanal oder auf der Stubenbrücke. Vermutlich lag es daran, dass Joschi Berger schon Jahre allein und zurückgezogen in einer kleinen Fischerhütte an der Donau lebte. Eine kleine Glocke erklang als Zeichen dafür, dass ihm wieder ein Fisch an den Haken gegangen war.

Joschi sah auf und rollte die Schnur ein, als er den Schatten an seiner rechten Seite auftauchen sah.

»Leck mich am ...«, waren seine letzten Worte.

30

Oberinspektor Aigner war an den Donaukanal am Franz-Josefs-Kai gerufen worden. Augenzeugen wollten gesehen haben, wie ein Jugendlicher von einem Krokodil gefressen wurde. Ian West hatte ihn an den Tatort begleitet und mit ihm die Stelle untersucht. Tatsächlich fanden sich dort noch Blutspuren und Reste eines zerfetzten Menschenkörpers. Doch vom Opfer und vom Krokodil war sonst nichts mehr zu sehen. Ein zweites Krokodil wurde angeblich auf der Stubenbrücke gesichtet. Fritz schlug dem Engländer vor, durch die Innenstadt zu Fuß zu gehen und auch noch diesen Ort zu inspizieren. Sie gingen vom Donaukanal aus über den Morzinplatz. Fritz vermied bewusst jeden Blick auf die Stelle, wo einst das *Hotel Metropol* stand.

Das Gebäude, das 1945 niedergebrannt war, hatte als Hauptquartier der Gestapo gedient, und Fritz hatte dort nach dem Anschluss an Deutschland im Jahr 1938 gearbeitet. Die offizielle Erklärung für die Zerstörung war ein schwerer Luftangriff, aber Fritz wusste, dass er und einige seiner Kollegen das Feuer gelegt hatten, um Spuren ihrer Verbrechen zu vernichten. Danach hatte er versucht, aus Wien zu fliehen, wurde jedoch von amerikanischen Soldaten gefasst und für ein ganzes Jahr inhaftiert. Im Rückblick empfand er das als Glück, denn im Gegensatz zu vielen Wienern, die täglich um ihr Überleben kämpfen mussten, bekam er in Haft regelmäßig zu essen. Zwar war die Angst vor einer Hinrichtung stets präsent gewesen, aber letztlich wurde er als ›Minderbelasteter‹ eingestuft und durfte zur Polizei zurückkehren, wenn auch in niedrigerem Rang. Sein Ruf als guter Ermittler hatte sich bis zu den Besatzungsmächten durchgesprochen, und so arbeitete er seitdem wieder für die Kriminalpolizei.

Während sie über den Morzinplatz gingen, spürte Fritz eine Kälte, die nicht nur vom Wetter herrührte. Auf der Stubenbrücke versuchten Funkstreifenbeamte, die aufgeregten Menschen zu beruhigen und Aussagen zu sammeln. Fritz und Ian drängten sich durch die Menge, doch ein Polizist stellte sich ihnen in den Weg.

»Stehenbleiben! Sie können hier nicht weiter.«

Fritz wusste, dass seine Dienstmarke erst ab morgen offiziell gültig sein würde, zog sie aber dennoch hervor. Zu seinem Glück erkannte der Polizist das Abzeichen bereits und ließ die beiden passieren, während er die Passanten fernhielt. Trotz des Regens, der viel vom Blut weggespült hatte, bot der Tatort immer noch einen schrecklichen Anblick. Überall lagen die zerfetzten Gliedmaßen des Opfers, ähnlich wie am Donaukanal.

»Die Leute sagen, es war ein Krokodil«, meinte der Polizist neben Fritz kopfschüttelnd. »Mindestens zwanzig Leute haben es gesehen. Aber so was gibts doch ned, oder?«

»Es ist ein Aprilscherz«, sagte Ian kühl. Der Polizist sah ihn verwirrt an.

»Ein Aprilscherz? Wie kommen Sie denn darauf? Und was ist mit der abgerissenen Hand dort? Wer sind Sie eigentlich? Sie sind nicht von hier, oder?«

Fritz ergriff das Wort: »Der Herr kommt aus England, und Sie sollten auf das hören, was er sagt, Herr Wachtmeister. Wenn morgen in der Zeitung steht, dass ein Krokodil durch die Wiener Kanalisation schwimmt, haben wir ein großes Problem. Also, wenn jemand fragt, egal ob von der Zeitung oder woanders, dann handelt es sich hier offiziell um einen Aprilscherz. Verstanden?«

31

»Ein Aprilscherz?«, wunderte sich Bösmüller am nächsten Morgen, während er mit seiner neuen Dienstmarke herumspielte und sie auf der Tischplatte kreiseln ließ, als Fritz ihm von den Ereignissen des Vorabends berichtete.

Der Oberinspektor ärgerte sich darüber, dass sein Kollege heute so frisch aussah, während er selbst gerade mal drei Stunden Schlaf abbekommen hatte und sich irgendwie schmutzig fühlte. Zudem hielt er seit etwa vier Minuten ein Dokument in seiner Hand, das ihn verstörte. Er hatte es zuvor in seiner Mappe gefunden und es handelte sich dabei um eine offizielle Beschwerde der Sekretärin Dorothea Schumann über den vor ihm sitzenden Inspektor. Der Vorwurf lautete, dass dieser die Schreibkraft mehrere Male unsittlich am Busen und Po begrapscht haben sollte. Sie ›fühle sich unwohl in seiner Gegenwart, besonders wenn sie allein mit ihm in einem Raum sei‹, führte das Dokument weiter aus.

Fritz war sich sicher, dass Bösmüller von dieser Beschwerde noch nichts wusste, sonst wäre er heute früh nicht so gut gelaunt. Mit einem Seufzen öffnete Fritz die oberste Schreibtischlade und legte die Beschwerde hinein. Ich habe jetzt ganz andere Sorgen, dachte er und schob die Lade wieder zu.

»Willst du das echt als Aprilscherz abtun? Was sagt der Hofrat dazu?«, fragte Bösmüller.

»Keine Ahnung. Habe noch nicht mit ihm gesprochen. Sag mal, könntest du damit aufhören, bitte?« Er zeigte genervt auf die sich kreiselnde Dienstmarke.

»Na, heut' sind wir aber wieder mal schlecht aufgelegt, was?«

»Das auch. Aber geschlafen hab ich auch recht wenig.«

»Ach übrigens, der Gefreite, der in der Kaserne um sich geschossen hat …«

»Ja, was ist mit dem?«

»Der ist inzwischen im Spital an seinen Verletzungen gestorben.«

»Gut so. Dann ersparen wir uns wenigstens eine Gerichtsverhandlung.« Fritz stand auf und ging zum Garderobenständer, um sich Hut und Mantel zu holen.

»Gehst du irgendwohin?«, fragte Bösmüller.

»Ja. Ich habe einen Termin.«

»Was für einen Termin?«

Fritz versuchte, das Unwohlsein in seinem Inneren zu verdrängen, das Grummeln im Bauch, das sich durch seine Angst in ihm ausbreitete. Der Grund, warum er in dieser Nacht kaum geschlafen hatte, lag nicht nur an den beiden schrecklichen Tatorten, die er besichtigt hatte. Nein, die Schlaflosigkeit rührte von dem Plan her, den er danach noch gemeinsam mit Ian West ausgearbeitet hatte.

32

Das Grummeln in Fritz' Bauch wurde nicht besser, als er das Café Metternich am Lugeck betrat. Obwohl das Lokal erst vor einer halben Stunde geöffnet hatte, war es bereits gut besucht. Fritz steuerte auf einen der wenigen freien Tische zu. Daneben stand ein Kleiderständer aus Holz, an den er seinen Mantel und Hut hängte. Dann griff er nach einer Tageszeitung auf einer kleinen Anrichte und nahm Platz. Es dauerte trotz des Betriebs nur wenige Sekunden, bis sich ein Kellner neben ihn stellte.

»Guten Morgen, der Herr. Was darf ich Ihnen bringen? Oder wollen's lieber noch einen Blick in die Karte werfen?«

Fritz, der vorhatte, etwas mehr Zeit im Lokal zu verbringen, bestellte nicht nur einen Kaffee, sondern gleich ein Wiener Frühstück. Der Ober nahm die Bestellung dienstbeflissen entgegen und kam wenige Minuten später mit dem Kaffee zurück. Fritz blätterte durch die Zeitung und versuchte, so unauffällig wie möglich die anderen Gäste zu beobachten. Eigentlich interessierte er sich weniger für sie; er war auf der Suche nach Heinrich Stolzenberg. Doch der war nirgends zu sehen.

Ob ich ihn überhaupt noch erkenne, wenn ich ihn sehe?

Der Ober brachte das Frühstück, und Fritz aß so langsam, wie es ihm möglich war. Am Ende sammelte er sogar die Semmelbrösel auf seinem Teller und steckte sie in den Mund. Er wollte schon das Handtuch werfen und nach dem Kellner rufen, um zu bezahlen, als sich endlich die Tür öffnete und Stolzenberg hereinkam. Fritz erkannte ihn sofort und senkte den Blick. Scheinbar interessiert blätterte er die Zeitung nochmals von Anfang an durch und beobachtete Stolzenberg aus dem Augenwinkel, wie er sich an den Tresen stellte und mit einem der Kellner sprach.

»Darf ich Ihnen noch etwas bringen, der Herr?«, fragte der Ober und Fritz erschrak, weil dieser so plötzlich neben ihm auftauchte.

»Äh, ja. Bitte noch einen Verlängerten[1].«

»Sehr gern, der Herr.« Der Kellner entfernte sich wieder.

Doch am Tresen bewegte sich etwas. Fritz sah hin und blickte direkt in die Augen Heinrich Stolzenbergs. Er hatte sich sofort zu ihm gedreht, als Fritz den Verlängerten bestellt hatte. Und als sein Gegenüber lächelte, wusste Fritz, dass Heinrich Graf von Stolzenberg ihn soeben erkannt hatte.

»Friedrich?«, fragte Stolzenberg und kam an den Tisch.

»Kennen wir uns?«

Stolzenberg lächelte. »Hör auf mit dem Kasperltheater, Fritz. Ich weiß genau, dass du es bist. Und ich weiß genau, dass du dich an mich erinnerst. Du vergisst nie ein Gesicht.«

»Servus Heinrich. Es ist nur … ich war ein bisschen überrascht, dich zu sehen. Ich hätte nicht gedacht, dass du … na ja …«

»Dass ich noch am Leben bin, meinst du?« Er senkte die Stimme und zeigte auf den freien Stuhl. »Darf ich?«

Fritz nickte und legte die Zeitung zur Seite.

»Wie lang ist das jetzt her, Fritz?«, fragte Heinrich.

»Vielleicht sollten wir nicht hier über … du weißt schon … alte Zeiten reden?«

»Ach, vergiss es. Mir gehört der ganze Betrieb hier. Die Leute wissen, dass ich früher bei der NSDAP war. Wie die meisten meiner Gäste übrigens. Aber das interessiert doch heutzutage keinen mehr.«

»Dir gehört das Kaffeehaus? Schau an. Hätte ich mir früher nicht gedacht, dass du mal Kaffeehausbesitzer werden würdest.«

---

[1] Mokka, mit Wasser verlängert

»Ja, warum denn nicht? Ich habe doch immer schon gerne Gäste bewirtet. Du doch auch früher, oder nicht? Im *Hotel Metropol* zum Beispiel?«

»Pscht!«, machte Fritz erschrocken.

Das Gestapo-Hauptquartier am Morzinplatz war vor 1938 tatsächlich ein Hotel gewesen. Doch im März desselben Jahres war es beschlagnahmt worden, und Reinhard Heydrich hatte dort die größte Dienststelle der Gestapo eingerichtet. Obwohl Heydrich es nicht gerne gehört hatte, wenn das Hauptquartier weiterhin als Hotel Metropol bezeichnet wurde, hatten es sowohl die Beamten als auch die Wiener Bevölkerung weiterhin zynisch nach dem alten Namen benannt.

»Das braucht dir doch nicht peinlich sein, Fritz«, beschwichtigte Stolzenberg und legte eine Hand auf Fritz' Arm. »Wir haben doch alle nur unsere Pflicht erfüllt, oder nicht? Die einen mehr, die anderen weniger gern. Trägst du eigentlich immer noch deinen Schlagring mit dir herum, Fritz? Du warst ja ziemlich berüchtigt damals.«

»Hör auf, Heinrich. Das war früher. Es waren andere Zeiten.«

»Gut, reden wir nicht mehr über die Vergangenheit. Was machst du so inzwischen?«

»Ich bin immer noch Kieberer[1]«, legte Fritz seine Karten auf den Tisch.

Heinrich lehnte sich lächelnd zurück. »Schau an, schau an. Ein paar von uns fallen doch immer wieder auf die Fiaß[2], oder? Die einen mehr, die anderen weniger.«

Er winkte dem Kellner zu, fragte Fritz, ob er ihn auf etwas einladen dürfe und bestellte anschließend zwei Mokka und zwei Stamperl[3] Schnaps.

»Natürlich aufs Haus«, fügte Heinrich hinzu. »Bist du sonst noch wem aus der alten Garde begegnet?«, fragte er.

---

[1] Polizist

[2] Füße

[3] Schnapsglas

»Begegnet? Nein, nicht so wirklich. Na ja, ein paar ›Ehemalige‹ gibts schon noch bei der Polizei. Der Wiesbauer zum Beispiel. Aber der ist inzwischen auch schon seit ein paar Jahren in Pension.«

»Du und der Wiesbauer. Ihr wart sehr bekannt damals. Oder sagen wir eher berüchtigt. Von euch hat man bis hinauf in die oberen Ränge Geschichten gehört.«

Er schüttelte den Kopf. Aus Bewunderung, wie es Fritz schien.

Er wagte den Vorstoß. »Und du? Hast du noch Kontakt zu irgendwem von früher?«

Heinrich lächelte. »Du würdest dich wundern. Hier im Kaffeehaus trifft man immer wieder mal so einige. Ein paar von denen kommen öfter, die anderen weniger. Sind sogar welche aus der ›Gesellschaft‹ ab und zu da.«

»Aus der ›Gesellschaft‹?«

»Stell dich doch nicht blöd, Fritz. Du weißt genau, von welcher Gesellschaft ich rede. Schade, dass du dich da schon so früh abgeseilt hast.«

Fritz zuckte mit den Schultern. »Das war nichts für mich. Der ganze Okkultismus und so. Sei mir nicht böse, aber ich hab daran nie so wirklich geglaubt. Und außerdem … hätte ich dann später eh keine Zeit mehr gehabt.«

»Da geb' ich dir recht. Warst ja immer schon ein recht fleißiger Kieberer.«

Stolzenberg lächelte so breit, dass Fritz dessen Zähne aufblitzen sah. Unweigerlich wurde er an ein zähnefletschendes Krokodil erinnert.

»Und wie schaut's heute aus?«, fragte Stolzenberg.

»Heute?«

»Ja. Bist immer noch so fleißig?«

»Hm. Ich denke schon. Diese Woche erst habe ich den Amoklauf in der Fasangartenkaserne aufgeklärt«, log er.

»Ah, da schau her. Ich habe davon gelesen. Ja, tragische Geschichte. Die jungen Soldaten heutzutage haben einfach keine Nerven mehr, stimmt's?«

»Und du?«

»Was soll mit mir sein?«

»Bist du auch immer noch so fleißig?«

»Ich habe keine Ahnung, worauf du anspielst. Auf das Kaffeehaus hier?«

»Nein ... ich hab' mich nur gefragt. Das mit dem Okkultismus und so. Ich meine, du hast das alles ja immer wirklich geglaubt, oder? Wie schaut's damit aus?«

Das Lächeln verschwand aus Stolzenbergs Gesicht. Fritz befürchtete, gerade aufgeflogen zu sein.

»Wir treffen uns ab und zu«, überraschte sein Gegenüber ihn jedoch plötzlich mit seiner Offenheit.

»Da schau her. Hätt' ich mir nicht gedacht. Und wer? Kenn ich da noch wen?«

»Kann sein.« Heinrich zuckte mit den Schultern. »Aber ich sag' dir da jetzt keine Namen. Bist ja immerhin ein Kieberer. Wer weiß, ob das gut ist, wenn ich dir was erzähl'.«

»Ach, so schlimm wirds schon nicht sein. Ich hab' mir nur gedacht ...«

»Was hast du dir gedacht?«

»Ich weiß nicht ... jetzt, wo ich dich so seh', du hast dich gemacht, wirklich. Vor allem hast du was komplett anderes aus dir gemacht. Aber ich ... ich kann ja nichts anderes als Polizist sein. Dabei würd' ich ... na ja, was solls. Ein paar Jahre noch, dann folg' ich dem Wiesbauer in die Pension.«

Heinrich starrte dem Polizisten in die Augen. Einige Sekunden lang sagte keiner der beiden etwas, bis Fritz es nicht mehr aushielt. »Is' irgendwas?«, fragte er.

Stolzenberg seufzte. »Ich hab' mir gerade was überlegt«, sagte er.

»Und was?«

»Komm heute noch einmal her. Sagen wir um halb neun am Abend.«

»Warum? Was ist da?«

»Willst, oder willst ned?«, forderte Stolzenberg ihn heraus.

Fritz schürzte die Lippen. »Ich hab' zumindest heute Abend noch nichts vor«, sagte er.

»Gut. Dann komm her. Um halb neun.«

33

»Es könnte sich natürlich auch um eine Falle handeln«, sagte Ian West etwa eine Stunde später zu Oberinspektor Fritz Aigner, während sie in einem anderen Kaffeehaus saßen – dem *Sacher*. Der Engländer bewohnte ein Zimmer im Hotel, das zu dem Kaffeehaus gehörte, und so war es naheliegend, sich dort zu treffen. Fritz dachte darüber nach, wie viele konspirative Gespräche wohl täglich in den Wiener Kaffeehäusern geführt wurden. Für ihn war es immerhin schon das Zweite an diesem Tag.

»Ich habe auch kein gutes Gefühl dabei, wenn ich ganz ehrlich bin. Aber wie wollen wir sonst herausfinden, ob Stolzenberg hinter der ganzen Sache steckt? Wir haben keine Beweise. Wenn wir wenigstens irgendeine Spur von Dengler hätten. Aber der ist ja völlig untergetaucht oder verschwunden.«

Ian West atmete tief durch. »Niemand kann Sie dazu zwingen, dort heute Abend hinzugehen. Aber vergessen wir nicht, dass es Teil unseres Plans war, Sie in die *Thule-Gesellschaft*, sofern sie noch existiert, einzuschleusen. Wir müssen erfahren, was sie vorhaben. Diese Welt stürzt sonst in ein Chaos, wenn sie ihr Vorhaben in die Tat umsetzen. Und ich bin mir sicher, dass sie bald zuschlagen werden. Im großen Stil, ich spüre es.«

»Ich bin Polizist«, sagte Aigner. »Ich mache es.«

»Aus Pflichtgefühl?«, fragte West.

»Pflichtgefühl? Nein. Das war früher mal«, antwortete Fritz kopfschüttelnd. »Heute mache ich es aus Überzeugung.«

Er lehnte sich zurück und beobachtete die eleganten Gäste im Sacher. »Ich kann die Augen nicht verschließen, während diese Altnazis immer mehr Einfluss gewinnen. Wenn ich etwas tun kann, um das zu verhindern, dann muss ich es tun.«

Ian nickte. »Das ist der Geist, den wir brauchen. Aber seien Sie vorsichtig. Stolzenberg ist nicht zu unterschätzen. Er hat sich gut positioniert und kennt viele einflussreiche Leute. Sie müssen auf der Hut sein.«

Fritz wusste, dass Ian recht hatte. Das Spiel, in das er sich verwickeln ließ, war gefährlich. Doch das Gefühl, etwas Sinnvolles zu tun, etwas, womit er Wiedergutmachung leisten konnte, war stärker als die Angst.

»Ich werde vorsichtig sein«, versprach er.

»Gut. Ich werde Sie unterstützen, wo ich kann.«

34

Fünf Minuten vor der vereinbarten Zeit öffnete Fritz Aigner das zweite Mal an diesem Tag die Tür des Café Metternich. Er genoss für einen Moment die Wärme des Lokals. Der kalte Regen prasselte gegen die Fenster, und ein unangenehmer Wind wehte durch die Straßen Wiens. Zu seiner Verwunderung war das Kaffeehaus diesmal fast leer. Stolzenberg stand am Ende des Tresens und winkte ihm zu. Doch als Fritz sich näherte, wandte sich der Mann abrupt ab und steuerte auf einen Nebenraum zu.

Er lockt mich in ein Hinterzimmer, durchfuhr es Fritz, und instinktiv griff er nach dem Schlagring in seiner Manteltasche.

Im Nebenraum war das Licht trübe. Zunächst konnte Fritz kaum etwas erkennen, doch bald erblickte er vier Männer, die um einen Tisch herumsaßen. In der Mitte darauf brannte eine Kerze, deren Licht flackerte und die Gesichter, die sich ihm nun zuwandten, nur schemenhaft beleuchtete.

»Komm näher«, befahl Heinrich mit leiser Stimme.

Fritz spürte, wie sein Herz bis zum Hals schlug. Als er nähertrat, erkannte er die schwarzen Halbmasken der Männer. Ihre Augen schienen im Kerzenlicht zu funkeln, und es war, als könnten sie ihn durchdringen.

»Das hier ist Oberinspektor Friedrich Aigner von der Wiener Kriminalpolizei«, sagte Heinrich und stellte ihn vor.

Durch einen der Männer ging ein merklicher Ruck, den Fritz nicht deuten konnte. Hatte er ihn erkannt? Oder erschreckte ihn sein Beruf?

»Was wird das hier?«, fragte Fritz mit trockener Kehle.

»Die übliche Standardprozedur für die Aufnahme in unsere Gesellschaft. Du kannst den Schlagring ruhig loslassen und dich entspannen. Es werden dir nur ein paar Fragen gestellt. Nichts weiter.«

Tatsächlich nahm der Polizist die Hände aus den Taschen.

»Gut. Und jetzt leg endlich Hut und Mantel ab und setz dich hierher.« Heinrich deutete auf einen leeren Stuhl, der in einiger Entfernung vom Tisch stand. Dann nahm er die Kleidungsstücke entgegen und trug sie in eine dunkle Ecke des Raumes. Aigner setzte sich auf den knarzenden Stuhl, bereit, die Fragen über sich ergehen zu lassen. Die Männer um den Tisch starrten ihn an, und die Atmosphäre war angespannt. Fritz wusste, dass er vorsichtig sein musste.

Das Spiel hatte begonnen, und er war bereit, alles zu riskieren, um herauszufinden, was hinter den mysteriösen Krokodilen steckte.

35

Donnerstag, 3. April 1958.

»Was ist denn los? Bist mit dem falschen Bein aufgestanden?«, fragte Fritz seinen Kollegen Bösmüller, während er sich an seinen Platz setzte und sich eine Zigarette aus der Packung klopfte. Bösmüller war in ein Dokument vertieft und hatte Aigners Begrüßung nur mit einem Knurren beantwortet.

»Nein. Aber die Obrigkeit scheint zu glauben, die Kriminalpolizei besteht aus Türwachtern und Platzanweisern. Wo warst du eigentlich gestern den ganzen Tag?«

Fritz überging die letzte Frage und antwortete mit einer Gegenfrage. »Wieso, was ist denn los?«

»Na ja«, antwortete Bösmüller und reichte ihm ein Blatt Papier über den Tisch. »Jetzt haben's uns letztens ins Kino abkommandiert, und morgen sollen wir schon wieder auf diese Hollywood-Bagage aufpassen.«

Fritz nahm den Zettel entgegen, brauchte aber gar nicht lesen, was darauf stand, da Bösmüller seine Ausführungen fortsetzte.

»Morgen gibts eine Abschiedsgala in der Hofburg. Mit allem Drum und Dran. Und wen glaubst, hat das Innenministerium für die Sicherheit abkommandiert?«

»Uns«, stellte Aigner fest.

»So ist es. Als hätten wir nicht eh schon genug anderes um die Ohren.«

»Stimmt«, murmelte Aigner gedankenverloren. Er verschwieg seinem Kollegen, dass er selbst sich um diesen Auftrag bemüht hatte, und sie es Stolzenbergs Einfluss zu verdanken hatten, dass er und sein Kollege mit der Sicherheit der illustren Gäste während der Filmgala beauftragt worden waren. Nachdem Fritz am gestrigen Abend wieder in die Gesellschaft aufgenommen worden war, hatte Stolzenberg ihn darüber unterrichtet, dass er Großes für dieses bevorstehende Ereignis in der Hofburg plante. Die genauen Details hatte Fritz nicht in Erfahrung bringen können, ohne sich dabei selbst verdächtig zu machen. Aber Stolzenberg hatte sofort einen Anruf getätigt, der ihn, Fritz, nun ebenfalls in die Hofburg brachte.

»Aber letzten's, im Kino, da hat es dir ja eigentlich gefallen«, erinnerte er Bösmüller.

»Ja, eh«, bestätigte der Kollege. »Aber dann im Palais haben wir nur noch zugeschaut, wie sich die Großkopferten den Schampus reingeleert[1] haben. Wir haben uns die Füße in den Bauch gestanden.«

»Gibts eine Gästeliste?«, fragte Fritz.

»Wieso? Willst du dir ein paar Autogramme holen?«

»Ach, Schmarrn.«

36

Freitag, 4. April 1958.

Am Morgen des Karfreitags suchte Oberinspektor Fritz Aigner das Kaffeehaus im Hotel Sacher auf, in dem er mit Ian West verabredet war.

»Könnte ich kurz telefonieren?«, fragte er einen der Kellner, als er sah, dass West noch nicht am Tisch saß.

»Selbstverständlich, der Herr«, erwiderte der Kellner und zeigte zu den Telefonzellen.

Der Oberinspektor wählte die Nummer seines Büros und Inspektor Bösmüller hob gleich nach dem ersten Läuten ab.

»Servas, Bösmüller«, sagte Fritz, nachdem sich sein Kollege ordentlich mit Dienstrang und Namen gemeldet hatte. »Ich komm' heut ein bisserl später ins Büro. Ich treff' mich noch im Sacher mit jemandem.«

»Ah, so? Mit wem?«, ertönte es aus dem Hörer.

»Sag ich dir später«, lenkte Fritz ab. »Aber sollte was sein, du erreichst mich im Sacher, gell?«

»Nobel, nobel. Na, mir solls recht sein. Derweil ist es eh noch ruhig im Büro.«

Sie verabschiedeten sich voneinander und legten auf. Als Fritz an seinen Tisch zurückkam, war der Engländer mittlerweile eingetroffen.

»Haben die Herren schon gewählt?«, fragte der Kellner, als Fritz Platz genommen hatte. Sie gaben ihre Bestellungen auf und der Kellner ließ sie wieder allein. Fritz legte einige Zettel auf den Tisch.

---

[1] In Unmengen Champagner getrunken

»Was ist das?«, fragte West und nahm die Blätter in die Hand.

»Eine Gästeliste. Für die Filmgala heute Abend in der Hofburg.«

West pfiff leise durch die Zähne. »Sie glauben also auch, dass sie heute …«

»Stolzenberg deutete an, dass er diese Veranstaltung sprengen will. Also nicht im sprichwörtlichen Sinne … oder vielleicht doch. Er sagte, die Zeit sei reif und davon würde am nächsten Tag die ganze Welt sprechen.«

Er deutete auf die Zettel in Wests Händen. »Und sehen Sie sich einmal an, wer alles auf der Liste steht.«

West überflog die Namen. »Da sind einige sehr bekannte Namen darunter. Schauspieler. Politiker.«

»Und einige weniger bekannte.«

Fritz rückte mit seinem Stuhl ganz nah an West heran. »Aber ich kenne viele dieser Namen. Und Sie vermutlich auch. Hier.«

Fritz schaute sich für einen Moment um. »Hier stehen Namen ehemaliger NSDAP-Funktionäre und SS-Mitglieder drauf, die nach dem Krieg wieder auf die Füße gefallen sind und heute wieder wichtige Ämter bekleiden. Der hier. Hans Bertram, war Offizier in der Wehrmacht und soll in Griechenland mehrere Kriegsverbrechen verübt haben. Heute ist er Botschafter in Kanada. Otto Albrecht, ehemaliges Mitglied im Freikorps. Heute ein anerkannter Politiker in der SPÖ. Klaus Meinhardt, Geschäftsführer in einem wichtigen Infrastrukturunternehmen. War früher ebenfalls bei der SS. Walter Kessler, Unterrichtsminister. Rudolf Bachmann, Eigentümer einer Zeitung. Maximilian Schneider, Leiter des theaterwissenschaftlichen Instituts. Alles Stammkunden im Café Metternich. Und das sind nur ein paar von denen. Und natürlich die beiden hier: Alois Dengler und Heinrich Stolzenberg. Sie werden alle da sein.«

»Wie kommen wir da rein?«, fragte West.

»Ich bin schon drinnen«, antwortete Fritz mit einem Lächeln. »Ich bin für die Sicherheit zuständig.«

West nickte anerkennend. »Und somit auch ein wichtiger Part in Stolzenbergs Plan. Bravo.«

»Freuen Sie sich nicht zu früh. Ich kann noch immer nicht mit Bestimmtheit sagen, ob Stolzenberg mir traut.«

Der Kellner trat an den Tisch. »Ist einer der Herren der Oberinspektor Aigner von der Polizei?«, fragte er.

Fritz sah auf. »Ja, ich.«

»Ein Telefongespräch für Sie, der Herr«, sagte der Kellner und deutete erneut auf die Telefonzellen.

»Das kann eigentlich nur der Bösmüller sein«, sagte Fritz. »Sonst weiß ja niemand, dass ich da bin. Hoffentlich gibts jetzt nichts Dringendes im Büro.«

Fritz entschuldigte sich bei West und folgte dem Kellner, der ihm die Tür zur Zelle aufhielt und diese hinter ihm schloss.

»Aigner hier?«

»Servus Fritz. Du, wir haben da eine Vermisstenanzeige.«

»Vermisstenanzeige? Was geht das uns an?«

»Na ja, das geht uns vielleicht diesmal wirklich was an. Die Anzeige stammt nämlich von einem jungen Engländer, der ganz aufgelöst bei uns im Büro steht.«

Fritz war sofort hellhörig und bekam ein ganz mieses Gefühl.

»Ein Engländer? Was will er?«

»Er meldet das Verschwinden einer Person, die du angeblich kennst. Eine Frau Doktor Sophie Gruber.«

»Ach du Scheiße«, stieß Fritz hervor. Als er an Wests Tisch zurückkam, war er kreidebleich im Gesicht.

»Ist etwas passiert?«, fragte dieser.

»Das kann man wohl so sagen. Sophie Gruber ist verschwunden.«

»Woher ...«

»Dieser englische Student ... der, den Sie nicht sehen wollen ... hat gemeldet, dass Fräulein Gruber seit zwei Tagen nicht mehr im Museum erschienen ist. Daheim ist sie auch nicht, sagt er.«

»Holy shit«, presste West hervor.

»Sie sagen es.«

37

»Endlich erstrahlt unsere geliebte Heimatstadt wieder im kaiserlich-königlichen Glanz, meine Damen und Herren«, schwärmte ein Radiomoderator, der am roten Teppich vor der Hofburg stand, so laut, dass Fritz ihn bis zu sich hören konnte. Seine schnarrende Stimme erinnerte ihn an die Sprecher alter Wochenschauen, die er sich ab und zu während des Krieges im Kino angesehen hatte.

Fritz stand, in einen unbequemen Frack gezwängt, auf etwas erhöhter Position auf der Treppe vor der Hofburg und beobachtete die Wagenkolonne, die sich gerade vom Ring kommend durch das Heldentor auf die Hofburg zuschob. Eine Kamera des österreichischen Fernsehens, die ebenfalls am roten Teppich postiert worden war, behinderte Fritz' Sichtfeld ein wenig, also stieg er noch eine Stufe höher. Die Vorletzte, direkt vor dem Eingang. Ein Fernseh-Journalist stand mit einem riesengroßen Mikrofon am anderen Ende des roten Teppichs und wartete auf die prominenten Gäste, in der Hoffnung, den einen oder anderen vor die Kamera und sein Mikrofon zu bekommen.

»Endlich darf in der Kaiserstadt wieder gefeiert werden, meine Damen und Herren«, schwärmte der Radiomoderator weiter. »Nach dem Opernball ein weiteres kaiserlich glänzendes Ereignis, auf das man noch sehr lange zurückblicken wird.«

Fritz fragte sich, warum der Sprecher ständig Begriffe wie »kaiserlich« verwenden musste. Vielleicht, um auf die vermeintlich strahlendere Vergangenheit hinzuweisen und von der jüngeren, schrecklichen abzulenken? Vielleicht, dachte Fritz, der vor allem seit Ende des letzten Krieges eine fast schon Monarchie verherrlichende Strömung wahrnahm. Durchaus auch ausgelöst durch die Kinofilme über Kaiserin Elisabeth, die mit Romy Schneider in der Hauptrolle in den letzten Jahren für Furore gesorgt hatten.

Die erste Limousine hielt an, und ihr entstieg Staatssekretär Kreisky mit seiner Frau. Die Journalisten stürzten sich sofort auf ihn, und der Fernseh-Reporter bekam sein erstes Interview. Fritz schüttelte den Kopf und beobachtete die weiteren Gäste, die immer zahlreicher und prominenter wurden und schließlich als Letztes an ihm vorbeigingen, bevor sie die Hofburg betraten. Er erkannte den Schauspieler Albin Skoda mit weiblicher Begleitung. Sogar der Bundeskanzler Julius Raab, der soeben von einer Rom-Reise zurückgekehrt war, ließ sich das Ereignis nicht entgehen. In seiner Begleitung befand sich der Außenminister Leopold Figl.

Dicht hinter ihnen folgte der Innenminister mit dem Polizeipräsidenten Josef Holaubek. Fritz senkte den Blick, als Holaubeks Augen ihn streiften. Doch dieser schien ihn gar nicht zu erkennen und ging an ihm vorbei weiter in die Hofburg hinein. Ist auch besser so, dachte Fritz. Immerhin war sein jetziger oberster Chef 1938 einer seiner ›Gäste‹ bei ihm im Hotel Metropol gewesen.

Doch noch mehr Begeisterung als die Politikerriege lösten die Stars und Sternchen aus, die nun ebenfalls immer zahlreicher wurden.

Der deutsche Schauspieler Klaus Kinski, der zurzeit im Theater in der Josefstadt gastierte, löste zwar Applaus aus, doch dies war nichts im Vergleich zu dem Jubel, der aufbrandete, als aus einer der Limousinen der Schauspieler Yul Brynner entstieg. Einige Frauen kreischten und mussten von den uniformierten Kollegen, die eine Absperrung bildeten, zurückgehalten werden. Der Schauspieler half seiner Filmpartnerin Deborah Kerr galant aus dem Wagen, und die Menge vor der Hofburg kreischte noch lauter.

Zwischen der Prominenz waren auch immer wieder einige von Fritz' ›alten Bekannten‹ an ihm vorbeigekommen. Ehemalige Nazis, die heute wieder mehr oder weniger wichtige Positionen und Ämter ausübten. Für die meisten schien er unsichtbar – sie sahen bewusst oder unbewusst an ihm vorbei. Fritz konnte nur Vermutungen darüber anstellen, wer von ihnen nun zu Stolzenbergs Gruppe gehörte und wer nicht. Er zitterte, wenn er daran dachte, was ihm heute Abend möglicherweise bevorstand.

Als Ian West an ihm vorbeikam, beruhigte ihn das ein wenig. Er fragte sich aber, wie es dem Engländer gelungen war, seinen Namen schnell auf diese illustre Gästeliste setzen zu lassen. Wenn dies alles hier vorbei ist, muss er mir endlich Rede und Antwort stehen, dachte Fritz.

Und schließlich kam Stolzenberg! Er, der wenige Minuten nach Brynner die Hofburg betrat, bildete fast den Abschluss der weniger prominenten Personen, die ebenfalls in die Hofburg geladen worden waren.

Fritz ließ nun alle verbleibenden Gäste an sich vorbeiziehen und betrat als Letzter das Gebäude. Die Reporter mussten allesamt draußen bleiben. Kurz nachdem er die Hofburg betreten hatte, wurde die große Tür hinter ihm geschlossen.

38

Als Fritz den Zeremoniensaal betrat, beendete eine Gruppe von vier Streichern soeben den lebhaften letzten Satz des *9. Streichquartetts op. 59,3* von Beethoven, das wohl wegen seines russisch klingenden Charakters ausgewählt worden war. Obwohl der Oberinspektor die ganze Zeit über bewusst keinen russischen Würdenträger gesehen hatte, war Beethovens Werk wohl als Anspielung auf die Handlung des Films gewählt worden, dessen Dreharbeiten in Wien in diesen Tagen zu Ende gingen. Fritz erinnerte sich wieder an die russischen Soldaten an der Reichsbrücke, die ihm vor wenigen Tagen einen gehörigen Schrecken eingejagt hatten.

Als die letzten Klänge des Satzes verklungen waren, brandete tosender Applaus um ihn herum auf. Seine Blicke begegneten denen seines Kollegen Bösmüller, und er bereute es jetzt, ihn nicht eingeweiht zu haben. Er hatte das mit Ian West besprochen, dieser war jedoch dagegen gewesen. Offenbar glaubte der Engländer immer noch, die Sache allein mit ihm lösen zu können. West fürchtete wohl, dass Bösmüller nicht glauben würde, was er zu hören bekäme, und eine Meldung an ihre Vorgesetzten machen könnte. Dies hätte wohl zu Aigners Abzug von diesem Fall geführt, und dann hätte West es ungleich schwieriger gehabt, heute auf diesem Ball den entscheidenden Schlag anzubringen. Aigner sah nun auch West etwas weiter vorne. Gestützt auf seinem Gehstock stand er da und beobachtete die Leute rings um ihn herum. Fritz fragte sich zum wiederholten Male, wie der angebliche Dämonenjäger es geschafft hatte, auf die Gästeliste zu kommen.

Der Bundeskanzler und der Wiener Bürgermeister bestiegen unter weiterem Applaus die Bühne und hielten ihre Eröffnungsreden. Währenddessen ging Fritz zwischen den Leuten hindurch durch den Saal und suchte nach Stolzenberg. Obwohl er ihn zuvor noch am Eingang gesehen hatte, konnte er ihn jetzt nirgendwo entdecken. Natürlich konnte Fritz bei der Anzahl der Gäste leicht jemanden übersehen, dennoch machte er sich Sorgen.

Ich hätte ihn nicht aus den Augen lassen sollen, ärgerte er sich. Sein Blick traf stattdessen den eines ihm fremden Mannes, der ihm stumm zunickte und dabei lächelte. Fritz lächelte zwar zurück, sah aber schnell weg. Wer war dieser Mann? Handelte es sich dabei um einen der mysteriösen Männer, deren Befragungen er im Café Metternich ausgesetzt gewesen war? Wenn ja, dann hatte sich Fritz durch das schnelle Wegblicken wahrscheinlich gerade verdächtig gemacht. Er sah noch einmal zu dem fremden Mann hin, doch dieser unterhielt sich inzwischen unbefangen mit seiner weiblichen Begleitung.

Der Bundeskanzler war wohl gerade mit seiner Rede fertig, denn es wurde wieder applaudiert, und die Stimme des Wiener Bürgermeisters ertönte.

West stand plötzlich neben Fritz. »Wo ist Stolzenberg?«

»Das frage ich mich auch schon die ganze Zeit«, antwortete Fritz. »Ich habe ihn aus den Augen verloren. Ich konnte leider meinen Platz am Eingang nicht einfach so verlassen.«

»Verdammt. Ich hatte ihn vor wenigen Minuten noch im Auge, aber ich habe ihn auch verloren«, gab der Engländer zerknirscht zu. »Dieser Mann da, der gerade zu uns herübersieht. Wer ist das?«, fragte er.

Fritz sah wie zufällig in die Richtung und antwortete, dass er den Mann nicht kenne.

»Man beobachtet uns also. Gut. Dann trennen wir uns wohl wieder lieber«, sagte West, bevor er sich wieder abwandte.

Endlich waren die Politikerreden beendet, und das Streichquartett spielte die ersten Klänge zu ›An der schönen blauen Donau‹. Tanzpaare bildeten sich, und die ersten wiegten sich bald zu den Klängen im Walzerschritt. Fritz wich den Tanzenden aus und versuchte, an den Rand des Zeremoniensaals zu gelangen. Die Stimmung war ausgelassener, als er es erwartet hatte. Vielleicht lag es an den zahlreichen Gästen aus Hollywood, die dem steifen Zeremoniell zu Beginn schon wenig abgewinnen konnten und sich auf Englisch trotz der Ansprachen unterhalten, gescherzt und gelacht hatten.

Doch plötzlich erklang der laute Schrei einer Frau und Fritz wandte den Kopf in die Richtung, aus der er gekommen war. Die Menschen redeten durcheinander, und die Klänge der Musik gerieten aus dem Takt. Was war da los?

Er sah nach weiter vorne, doch die vielen Leute verdeckten ihm die Sicht. Manche Paare standen noch auf der Tanzfläche, ein oder zwei wiegten sich sogar noch, obwohl die Musik inzwischen verklungen war. Und dann brach das Chaos los …

39

Mehrere Personen schrien gleichzeitig auf, sowohl Frauen als auch Männer. Sie wichen zurück und Fritz erkannte endlich den Grund dafür. Obwohl er nun schon seit Tagen in dieser Sache ermittelte, konnte er seinen Augen kaum trauen: Mitten auf der Tanzfläche lagen drei ausgewachsene Krokodile!

Wo kamen die nur so plötzlich her? Fast schien es, als wären die Tiere einfach so auf der Tanzfläche materialisiert!

Die Menschen rannten in Panik zu den Türen, als plötzlich ein Schuss erklang. Die meisten wurden dadurch in ihrer Bewegung gestoppt. Einige gingen in Deckung und warfen sich zu Boden. Doch andere rannten weiter, um die Türen zu erreichen und aus dem Saal zu fliehen. Fritz sah mit Schrecken, dass sich an jeder Tür eine Person mit gezogener Waffe postiert hatte. Wie konnte ihm das nur entgangen sein? Wieder ertönten mehrere Schüsse. Sie kamen von vorne, wo eben noch das Streichquartett den Donauwalzer gespielt hatte. Fritz sah zur Bühne und entdeckte Alois Dengler!

Der bisher verschwundene Museumsdirektor grinste breit von einem Ohr zum anderen und hielt eine Pistole in die Höhe.

»KEINER!«, rief er und erlangte sofort die Aufmerksamkeit aller Ballgäste. »KEINER VERLÄSST DEN SAAL!«

Die Männer an den Türen zielten mit ihren Waffen in die Menge. Die Gäste, die gerade noch fliehen wollten, wichen zurück in die Mitte des Saales. Unweit von Fritz stand der Mann, der ihn vor wenigen Minuten so verschwörerisch angelächelt hatte. Er hatte ebenfalls eine Waffe in der Hand und bewachte einen der Ausgänge. Es schien, als erwartete er, dass Fritz auch in die Aktion eingreifen würde. Fritz zog nun ebenfalls seine Waffe und richtete den Lauf auf die Menge. Der andere Mann lächelte und widmete seine Aufmerksamkeit wieder den Ereignissen vorne.

»Meine Damen und Herren!«, begann Dengler. »Beruhigen Sie sich bitte. Sie können sich glücklich schätzen, heute Zeugen eines großartigen Ereignisses zu werden.«

Er lächelte und sah in die angstgeweiteten Augen der Frauen und Männer im Saal. »Sie alle werden Zeugen eines Ereignisses, von dem man in hundert ... nein, in tausend Jahren noch berichten wird.«

Fritz stand an der linken Seite des Saales und blickte sich um. Auf der anderen Seite, fast ihm gegenüber, erkannte er schließlich seinen

Kollegen Bösmüller, der in die Innenseite seines Fracks griff, dort, wo er wohl seine Dienstwaffe versteckt trug.

Mach keinen Blödsinn, Bösmüller, dachte Fritz. Doch es war schon zu spät. Bösmüller riss seine Dienstpistole, eine Walther P38, aus dem verborgenen Halfter und rief: »Polizei! Waffen fallen lassen! Und dann heben Sie die Hände hoch!«

Ein einzelner Schuss erklang hinter dem Polizisten. Bösmüllers Stirn sprang wie das Türchen einer Kuckucksuhr auf und Blut und Hirnmasse spritzte auf die Personen vor ihm. Der Aufschrei der Menge war ohrenbetäubend, so laut, dass man das Fallen des Körpers nicht mehr hören konnte. Frauen, aber auch Männer, begannen zu weinen, doch niemand wagte es, sich zu rühren.

Dafür sorgten auch die drei Krokodile, die bisher völlig ruhig auf der Tanzfläche gelegen hatten, in deren Körper aber nun Bewegung kam.

»Und nun ... erleben Sie die Auferstehung!«, rief Dengler von der Bühne. »Werden Sie Zeugen der Auferstehung des tausendjährigen Reiches! Die Götter haben sich für uns entschieden. Begrüßen wir unseren neuen Anführer. Begrüßen wir unseren neuen GOTT! SOBEK!«

Hinter Dengler betrat eine große Gestalt die Bühne. Der Oberkörper des Mannes war nackt und er trug eine Krokodilmaske auf seinem Kopf. Sobek!

Der muskulöse Brustkorb stach hervor und seine Haut erinnerte Fritz an die der Krokodile, die immer noch fast regungslos auf dem Parkettboden lagen. Es wurde unheimlich still im Saal. Nur vereinzelte Schluchzer waren noch zu hören, doch niemand wagte es, laut zu sprechen. Sobek griff langsam mit beiden Händen nach der Maske und hob sie ebenso langsam von seinem Kopf. Darunter erschien Stolzenbergs Gesicht, geschminkt wie das eines ägyptischen Pharaos. Mit seitlich ausgestreckten Armen betrachtete er einige Sekunden lang die Menge, dann sprach er:

O Sobek, Sobek!

Aus den Tiefen des Urwassers
Blickst du auf die sterbliche Welt herab.
Richte deinen furchterregenden Blick auf die schwache, fleischliche Hülle
Deines Sohnes, deines mächtigen Beschützers!
Erfülle mich mit der Kraft des Urstroms und dem Zorn der Fluten!

Einige Sekunden lang geschah nichts, und Fritz hielt, wie viele andere, den Atem an. Dann richtete Stolzenberg seine rechte Hand auf die Menge.

Wie auf Kommando schnellten die Krokodile von ihren Plätzen los und schnappten nach den erstbesten Personen, die vor ihnen standen.

40

Die Situation im Saal eskalierte völlig. Die Menschen achteten nicht mehr auf die Männer mit ihren gezogenen Waffen und verloren endgültig die Fassung. Aus Angst vor den wilden Krokodilen, die sich durch die Menge fraßen, rannten sie schreiend zu den Türen, während von dort Schüsse krachten und die getroffenen Körper zu Boden fielen.

Fritz wurde in dem Chaos brutal zur Seite gestoßen. Er strauchelte und fiel zu Boden, seine Waffe glitt ihm aus der Hand. Als er sich zwischen den Beinen der flüchtenden Menschen umsah, konnte er sehen, wie seine Pistole von Füßen hin und her geschoben wurde, unerreichbar.

»HOLD IT! STOP!«

Die Stimme von Ian West hallte durch den Saal. Fritz hob den Kopf und sah, wie West unerschrocken direkt vor der Bühne stand, während die Krokodile um ihn herum ihre ersten Opfer zerfleischten. Stolzenbergs Gesicht, das inzwischen mehr dem ägyptischen Gott Sobek ähnelte, hatte sich weiter verändert. Seine Augen strahlten in einem unheimlichen goldenen Glanz, der auch aus der Entfernung deutlich sichtbar war. Die Schuppen, die seinen Oberkörper bedeckten, breiteten sich weiter aus und erreichten nun seinen Hals. Seine Wangen nahmen einen grünlichen Schimmer an.

»Du Wurm!«, grollte Stolzenberg, seine Stimme tiefer und bedrohlicher als zuvor. War das schon Sobek?

»Du willst mich aufhalten? Wer bist du, dass du glaubst, einem Gott Einhalt gebieten zu können?«, donnerte er höhnisch.

West begann laut und entschlossen zu sprechen, aber in einer Sprache, die Fritz nicht verstand. Es klang wie ein uralter Bannspruch, dessen Bedeutung Fritz nur ahnen konnte. Doch Stolzenberg, oder Sobek, lachte laut auf.

»Zu spät, Wurm«, dröhnte seine Stimme durch den Saal. Er drehte sich zu Dengler, der immer noch triumphierend auf der Bühne stand. »Bring mir das letzte Opfer.«

Dengler nickte und hob seine Hand. Plötzlich traten zwei weitere Männer mit nacktem Oberkörper und etwas kleineren Krokodilmasken auf die Bühne. Zwischen ihnen führten sie eine Frau. Fritz erkannte sie sofort. Es war Sophie Gruber.

Fritz' Herz setzte einen Schlag aus. Sophie sah blass und erschrocken aus, ihre Augen weit aufgerissen vor Angst. Sie war gefesselt, und ihre Bewegungen wirkten kraftlos. Fritz spürte, wie ihm das Blut in den Adern gefror. Die Situation war außer Kontrolle, und Sophie war in tödlicher Gefahr.

Sobek grinste diabolisch und richtete seinen Blick auf die Frau.

»Das letzte Opfer«, sagte er langsam, fast genüsslich. »Ich werde in ihrem Blut baden und die Welt wird erneut geboren werden.«

Fritz wusste, dass er schnell handeln musste, doch ohne seine Waffe erschien ihm die Lage aussichtslos. Trotz Sophies erkennbarer Angst wirkten ihre Schritte seltsam ruhig. Fritz spürte, wie ein unkontrollierbarer Zorn in ihm aufstieg. Er konnte nicht zulassen, dass sie Opfer dieses monströsen Rituals wurde. West, der unerschrocken direkt vor der Bühne stand, sprach weiter die fremden Worte, offenbar in der Hoffnung, die finstere Zeremonie noch aufhalten zu können. Doch Sobek lachte weiterhin nur laut auf.

Dengler trat an dessen Seite und hob die Hand als Zeichen für den nächsten Schritt des Rituals. Die zwei Männer mit den Masken führten Sophie vor Sobek. Die Krokodile auf dem Boden ließen plötzlich von ihren Opfern ab und schienen auf das kommende Ritual zu warten. Ihre Augen glitzerten im Licht des Saales. Auf einmal wurde es ruhiger und alle sahen wie gebannt zur Bühne.

Die bewaffneten Männer an den Ausgängen waren nun ebenfalls keine Bedrohung mehr und Fritz spürte, wie auch ihn etwas in einen seltsamen Bann zog. Lag es an Sobek, oder waren es die fremden Worte, die West aussprach? Er rappelte sich auf die Knie und versuchte, gegen den Bann anzukämpfen. Er sah sich um, aber nirgendwo konnte er seine Pistole entdecken. Fritz griff in eine Hosentasche und seine Finger schlossen sich um den Schlagring.

In der Zwischenzeit hatte West aufgehört zu sprechen, und baute sich voller Entschlossenheit vor Sobek auf. »Ich weiß, wer du bist«, sagte er mit erstaunlicher Ruhe. »Und ich weiß, wie ich dich aufhalten werde.«

Sobek blinzelte überrascht, doch sein Grinsen verschwand nicht. »Wirklich? Du willst dich mir in den Weg stellen, Sterblicher?«

»Ja«, erwiderte West kühl. »Mit der Kraft, die dir innewohnt.«

Dann griff er in seine Tasche und zog ein kleines, glänzendes Artefakt hervor. Es war eine alte ägyptische Figur, die Fritz vage an einen Falken erinnerte, den er in den Zeichnungen des Sarkophags gesehen hatte. Sobeks Augen weiteten sich.

»Woher hast du das?« Seine Stimme klang plötzlich weniger sicher, weniger mächtig.

West hob die Figur. »Dies ist das Siegel des Horus«, erklärte er. »Es steht für Ordnung und bindet die Mächte des Chaos – somit auch dich, Sobek. Dein Körper mag dir gehören, aber deine Seele ist in Ketten gelegt.«

Sobek zischte. Ein kurzer, verzweifelter Ausdruck huschte über sein Gesicht. Doch dann straffte er sich wieder und rief: »Du weißt nicht, mit wem du dich anlegst!«

West ignorierte ihn. »Im Namen von Horus, dem Gott des Himmels«, sprach er, »verbanne ich dich zurück in die Tiefen des Duats, wo du hingehörst.«

Doch bevor er den Bann vollenden konnte, brüllte Sobek auf und sprang von der Bühne auf West zu.

Blitzschnell lief Fritz dazwischen und rammte Sobek den Schlagring ins Gesicht. Mehr erschrocken, als verletzt, wich dieser zurück. Fritz setzte mehrmals nach. Das Gesicht seines Gegners veränderte sich plötzlich und nun war wieder Stolzenbergs echtes Gesicht zu sehen – schmerzverzerrt und menschlich.

Erneut kam Bewegung in die Menge im Saal. Als sie sahen, dass der Gott verwundet war, schienen einige Mut zu fassen, während andere erneut in Panik gerieten. West nutzte den Moment und schritt weiter voran, das Siegel in der Hand.

»Du kannst mich nicht aufhalten!«, brüllte Stolzenberg, der nun blutend auf dem Boden kniete. Doch seine Stimme klang hohl, als würde sie an Macht verlieren.

Fritz wich keuchend zurück. Den Schlagring immer noch fest in der Hand, ließ er West an sich vorbei. Stolzenbergs Blut tropfte vom Ring auf den Boden. Sophie stand noch auf der Bühne, sie schien noch immer in Trance zu sein.

»Es ist vorbei«, sagte Fritz.

Doch auf einmal erklang ein Schuss. Der Oberinspektor spürte einen harten Schlag in seiner linken Schulter und während er stürzte, erkannte er, dass Dengler auf ihn gefeuert hatte. Auch Dengler sprang von der Bühne auf die Tanzfläche und lief auf Fritz zu. Die Waffe hielt er dabei vor sich ausgestreckt und es würde nur noch Sekundenbruchteile dauern, bis er den nächsten Schuss abgeben würde.

Fritz erblickte eine Violine vor sich auf dem Boden, die einer der flüchtenden Musiker verloren haben musste. Er ergriff sie und schleuderte sie gegen Dengler. Den Sekundenbruchteil, den sein Gegner zur Abwehr brauchte, nützte Fritz, in dem er noch einmal hochsprang und verzweifelt Denglers Waffenhand zur Seite schlug. Dann setzte er mit seinem Schlagring nach und konnte endlich die Knochen im Gesicht seines Gegners knacken hören, bevor dieser zu Boden ging.

In diesem Moment setzte West den Bann fort. Das Siegel des Horus leuchtete, und Sobeks Schuppenhaut begann sich zurückzuziehen.

Sein Gesicht war nun wieder völlig menschlich, und Stolzenberg schrie vor Schmerzen.

»NEIN!«, brüllte er, doch es war zu spät.

Mit einem letzten, ohrenbetäubenden Schrei fiel Stolzenberg zu Boden, und seine Augen erloschen. Der Körper zuckte noch einmal und blieb dann reglos liegen. Die Krokodile auf der Tanzfläche erstarrten. Fritz ließ den Schlagring fallen und schnappte nach Luft. Abgesehen von leisem Wimmern und Schluchzen einiger Überlebender war es leise im Saal. West trat neben ihn und sah auf den toten Stolzenberg herab. »Es ist vorbei«, sagte er leise.

Fritz nickte. Er brachte keinen Ton hervor. Langsam brandeten Geräusche und Wortfetzen im Saal auf und die Menschen begannen, sich wieder zu bewegen.

Die erstarrten Krokodile zerfielen plötzlich zu Staub und als die bewaffneten Männer dies sahen, ließen sie ihre Pistolen fallen. Gleichzeitig wurden sie von den Ballgästen zur Seite gerammt oder überrannt, als diese endlich die Möglichkeit zur Flucht sahen.

Sophie stand immer noch gefesselt auf der Bühne. Sie blickte um sich, als wäre sie gerade von einem langen schweren Traum erwacht. West ging zu ihr und löste ihre Fesseln. Fritz nickte und sah sich im Saal um. Das Chaos, das vor wenigen Minuten noch herrschte, war einem erschöpften, aber erleichterten Schweigen gewichen. Die finsteren Pläne von Sobek und seinen Anhängern waren vereitelt.

Er spürte ein Pochen in seiner linken Schulter. Dort, wo ihn Denglers Kugel getroffen hatte. Blut lief an seinem linken Arm herab und tropfte zu Boden.

Fritz bemerkte die kleine Lache zu seinen Füßen und brach erschöpft zusammen.

41

Einige Tage waren vergangen, seit die Ereignisse in der Hofburg die Stadt erschüttert hatten.

Die Medien sprachen immer noch von einem ›terroristischen Angriff‹, der von den Sicherheitsbehörden vereitelt worden war, doch Fritz wusste, dass die Wahrheit weitaus komplexer und finsterer war. Es war einer dieser Fälle, die nie wirklich ans Licht der Öffentlichkeit kommen sollten – zumindest nicht in ihrer wahren Gestalt. Eine Welle von Verhaftungen war erfolgt. Fritz hatte als Zeuge einige Namen der Mitverschwörer nennen können. Aber wahrscheinlich waren es nicht alle, wie er selbst befürchtete.

Sophie Gruber hatte ihn wenige Tage nach dem Vorfall im Krankenhaus besucht und sich dafür bedankt, dass er ihr Leben gerettet hatte. Fritz ließ West unerwähnt. Er wusste, dass der Dämonenjäger keinen Wert darauf legte, zu viel Staub aufzuwirbeln, und seine Rolle in dem Fall lieber bedeckt halten wollte. Sophies Besuch war gleichzeitig eine Verabschiedung, was Fritz sehr bedauerte. Sie eröffnete ihm, dass sie eine befristete Stelle im Museum von Kairo angenommen habe.

Wenige Tage später stand Fritz selbst am Flughafen Schwechat und beobachtete Passagiere, die sich in die Warteschlange für den Flug nach London einreihten. Seinen linken Arm trug er immer noch in einer Schlinge. Ian West, der mysteriöse Engländer, stand neben ihm und würde sich ebenfalls bald zu den anderen Passagieren gesellen.

»Es war gut, dich als Verbündeten zu haben«, sagte er mit einem leichten fast melancholischen Lächeln zu Fritz. »Ich habe sogar überlegt, dich in unsere ... Organisation aufzunehmen.«

Fritz erwiderte den Blick und schüttelte leicht den Kopf. »Du hast mir eine neue Welt gezeigt – eine Welt, von der ich nicht wusste, dass sie existiert. Eine Welt, die ich wahrscheinlich auch nie wieder sehen will.«

West schmunzelte. »Das ist verständlich. Aber sei gewiss, diese Welt wird uns immer begleiten. Sie ist näher als die meisten Menschen glauben.«

Er hielt inne, als eine Stewardess die Passagiere für den Flug nach London aufrief. Ein Moment der Stille trat ein, in dem beide Männer einfach nur dastanden, sich der Bedeutung dieses Abschieds bewusst. Obwohl sie nur für kurze Zeit zusammengearbeitet hatten, hatten sie ein Band geschmiedet, das man nur durch gemeinsames Erleben von Gefahr und Geheimnissen knüpfen konnte.

»Pass auf dich auf, West«, sagte Fritz schließlich und hielt ihm die Hand hin.

West ergriff sie und schüttelte sie fest. »Du auch, Fritz. Du auch.«

Er ließ Fritz' Hand los und holte ein kleines Päckchen aus seiner Manteltasche.

»Für mich?«, fragte Fritz verwundert und ärgerte sich, dass er nicht auch ein Abschiedsgeschenk für den Engländer besorgt hatte. Etwas ungelenk öffnete er die kleine Schachtel.

»Ist das … mein Schlagring?«, fragte Fritz und ein sanftes Lächeln erschien in seinem Gesicht. Er hatte ihn verloren geglaubt, nachdem er im Zeremoniensaal der Hofburg zusammengebrochen und erst wieder im Krankenhaus zu sich gekommen war.

»Ja«, bestätigte West. »Aber ich habe ihn … etwas verändert.«

Fritz strich mit den Fingern über die Oberfläche. »Warum glänzt er so? Ist das … Silber?«

West nickte. »Ich habe ihn für dich versilbern lassen. Silber ist eine wirksame Waffe gegen Dämonen.«

»Dämonen? Du glaubst doch nicht etwa, dass ich noch einmal gegen Dämonen kämpfe. Ich habe hier mit meinen normalen Mördern und Strizzis[1] schon genug um die Ohren.«

---

[1] Strolche

Er steckte den Schlagring in seine Manteltasche, dann lächelte er.
»Aber wenn du mich eines Tages brauchst ...«
»Ich weiß, Fritz. Ich weiß.«
West wandte sich ab und Fritz sah ihm nach. Ian zeigte der Stewardess seinen Pass, sah sich noch einmal zu Fritz um, hob kurz die Hand zum Gruß und verschwand schließlich endgültig aus Fritz' Sichtfeld.

Epilog

Im Flugzeug nahm West in der ersten Reihe Platz, direkt am Fenster.

Er hatte absichtlich den Platz weit vorne gewählt, in der Hoffnung, das Flugzeug betreten und verlassen zu können, ohne groß aufzufallen. Gerade als er sich in seinem Sitz niederließ, bemerkte er aus den Augenwinkeln einen Mann, der als letzter an Bord ging: Isaac Kane.

Der englische Student wirkte abgehetzt und hatte es wohl gerade noch in letzter Sekunde in die Maschine geschafft. Eine Stewardess begrüßte ihn freundlich und verschloss das Schott direkt hinter ihm, während Isaac an West vorbeiging. Er nahm einige Reihen weiter hinten Platz. West entschied, den Blick abzuwenden, und sah aus dem Fenster. Kane schien ihn nicht bemerkt zu haben. Natürlich. Für ihn war West einfach nur ein Fremder. Es war besser so.

West wusste, dass er Kane eines Tages wieder begegnen würde. Doch jetzt war die Zeit noch nicht reif.

Auch Kane würde eines Tages in das Netz aus den Machenschaften, in die er verstrickt war, verwickelt werden. Aber das war ein Problem für einen anderen Tag.

West lehnte sich in seinem Sitz zurück, während die Maschine langsam die Startposition einnahm. In der Ferne, jenseits der Wolken und des Flugs, warteten bereits neue Geheimnisse auf ihn. Doch heute würde er nicht zurückblicken – heute galt sein Blick nur nach vorn.

ENDE

Werkstattbericht von Michael Blihall

»Österreich ist frei!«

Dieser Satz ist eines der bekanntesten politischen Zitate meines Heimatlandes. Jedes österreichische Kind (zumindest meiner Generation) hat in der Schule gelernt, dass diese Worte bei der Unterzeichnung des Österreichischen Staatsvertrages am 15. Mai 1955 gesprochen wurden.

Und die meisten ehemaligen Schulkinder würden wohl darauf schwören, dass dies während der Präsentation des Vertrages am Balkon des Schloss Belvedere geschah. Jedoch beginnen hier schon die ersten Irrtümer. Diese Worte wurden zwar tatsächlich vom damaligen Außenminister Leopold Figl ausgesprochen, doch geschah dies schon Minuten zuvor, während der Unterzeichnung im Marmorsaal.

Dieser Irrtum beruht auf einer Dokumentation der österreichischen Wochenschau, die die Bilder vom Balkon mit den zuvor ausgesprochenen Worten unterlegt haben.

Zitat: Gegenstand des Vertrages war die Wiederherstellung Österreichs als souveräner, unabhängiger und demokratischer Staat nach der nationalsozialistischen Herrschaft (1938-1945), [...] und der darauf folgenden Besatzungszeit (1945-1955)[1].

Auch der Wikipedia-Artikel zum Österreichischen Staatsvertrag suggeriert, was viele Schulkinder meiner Generation lange Zeit gelernt bekommen haben. Nämlich, dass Österreich mit seinem Anschluss an Nazideutschland im Jahr 1938 eines der ersten Opfer des Hitlerregimes gewesen war. Nur zu gerne hat man den Mantel des Schweigens über die eigene Verantwortung und den eigenen Beitrag zu diesem Regime ausgebreitet.

Als ich als junger Mensch ein Studium in »Theater-, Film- und Medienwissenschaft« begann, hörte ich zum ersten Mal den Namen Heinz Kindermann. Kindermann war ein anerkannter Literaturwis-

---

[1] Siehe Wikipedia: „Österreichischer Staatsvertrag" (abgerufen am 7. Oktober 2024)

senschaftler, der seinerzeit ein monumentales zehnbändiges Standardwerk über die Theatergeschichte Europas verfasst hatte. Im Jahr 1954 wurde er zum außerordentlichen Professor der Theaterwissenschaft an der Universität Wien ernannt und später übernahm er sogar deren Leitung. So weit, so gut … Ein dickes Haar schwimmt allerdings in der Suppe aufgrund der Tatsache, dass Kindermann bereits 1943 diese Position innehatte und 1945 den Lehrstuhl aufgrund seiner Vergangenheit und des NS-Verbotsgesetzes hatte räumen müssen. Kindermann war bereits seit 1933 NSDAP-Mitglied und förderndes Mitglied der SS gewesen.

Diese Geschichte interessierte mich. Ich begann zwar von hier an nicht weiter in Kindermanns Biografie zu graben (das haben vor mir bereits andere erledigt), aber mich interessierte vor allem, ob es außer Kindermann noch weitere ehemalige NSDAP- und SS-Angehörige gab, die nach dem Krieg hohe Ämter bekleideten. Um es kurz zu machen: Ja, es gab sie. Und zwar zahlreich.

Spätere Generationen empörten sich zwar über diese Umstände und gingen auch als Protest auf die Straße, dennoch muss man vielleicht auch berücksichtigen, dass sich der Großelterngeneration gar nicht viele andere Möglichkeiten geboten hätten. Wissenschaftler, Politiker, Künstler, Fachleute aus den verschiedensten Sparten wurden in den 1950er-Jahren rehabilitiert und übten teilweise ihre früheren Jobs wieder aus, da es kaum Alternativen gab. Selbst die Alliierten hatten sich bekanntermaßen darum bemüht, Fachleute »auf ihre Seite« zu ziehen und ihnen lukrative Jobs nach dem Krieg angeboten. Auch dafür gibt es zahlreiche Beispiele.

Doch nun Schluss mit der Geschichtsstunde. Ich möchte niemanden mit Tatsachen langweilen, finde aber den Hinweis darauf sehr wichtig. Denn diese bieten sozusagen den »Teppich«, oder auch die »Hintergrundmusik« zu meiner Geschichte, die euch in diesem ersten Sonderband der Serie »Dämonenjäger Isaac Kane« vorliegt.

Ich führe euch damit durch meine Heimatstadt Wien und gemeinsam machen wir eine Zeitreise ins Jahr 1958, in der die oben beschriebenen Verhältnisse vorherrschen. Für mich war von Anfang an klar, dass ich genau diese Verhältnisse thematisieren und dabei trotzdem versuchen wollte, eine spannende Geschichte zu erzählen.

Ohne lang darüber nachzudenken wählte ich einen beliebigen Zeitraum aus dem Jahr 1958. und verbrachte einige Stunden für die Recherche in der Österreichischen Nationalbibliothek über genau diesen Zeitraum. So kommt ihr nun in den »Genuss« einiger historischer Fakten, auf die ich in meinem Roman eingehe. Sei es die Einführung neuer Erkennungsmarken der Kriminalpolizei, die erwähnte Filmpremiere im Palast-Kino, die gleichzeitig stattfindenden Dreharbeiten in Wien, bis hin zur Rettung zweier Frauen aus ihrer brennenden Wohnung und einem Amoklauf in der Fasangartenkaserne (heute Maria-Theresien-Kaserne). So war es mir auch möglich, Ian West tatsächlich »mit der ersten Maschine« aus London nach Wien reisen zu lassen.

Aber keine Sorge: Die Geschichte mit den Krokodilen in der Wiener Kanalisation, als auch die Film-Gala in der Hofburg am Ende des Romans sind auf meinem Mist und meiner eigenen Phantasie entwachsen. ;-)

Auch werdet ihr weder heute, noch in der Vergangenheit ein Café Metternich an der im Roman beschriebenen Stelle finden. Das Sacher und das Demel hingegen schon. Zu den Namen der beiden berühmten Kaffeehäuser gesellen sich jene von damaligen Politikern, Schauspielern und anderen Personen wie dem Zoodirektor, den leitenden Direktoren der Gerichtsmedizin oder dem Polizeipräsidenten. Andere Namen hingegen sind wieder frei erfunden. So vor allem die der Personen, die Fritz Aigner dem Dämonenjäger West von der Gästeliste vorliest. Aber auch wenn die Namen erfunden sind, die Personen selbst haben tatsächlich gelebt. Man kann die richtigen Namen mit etwas Recherche sehr leicht herausfinden. Sie übten damals nämlich wirklich die in der Szene beschriebenen Funktionen aus. Und einer von ihnen war von 1986 – 1992 sogar österreichischer Bundespräsident.

Ich möchte aber auch festhalten, dass keine der genannten Personen Mitglied der Thule-Gesellschaft war. Zumindest ist heute davon nichts bekannt, zumal sich der politische Geheimbund – mit dem sich bis heute viele Verschwörungstheorien beschäftigen – tatsächlich schon um 1925 herum aufgelöst haben dürfte.

Oberinspektor Fritz Aigner, Dr. Alois Dengler sowie Heinrich Stolzenberg sind rein fiktive Personen. Wobei ich mir allerdings sehr gut vorstellen kann, dass jemand wie Fritz Aigner nach dem Krieg bei der Polizei gearbeitet haben könnte.

Nun noch ein paar Worte zu den Krokodilen: Meine Frau und ich haben im Dezember 2023 im Zuge einer Nilkreuzfahrt auch die Tempelanlage in Kom Ombo besucht. Ich weiß eigentlich gar nicht genau warum, aber der Krokodilgott Sobek, dem diese Anlage geweiht ist, hat es mir irgendwie sofort angetan und ich wollte den unbedingt mal in einer Geschichte unterbringen. Ich freue mich, dass das so schnell ging! :-)

Ich hoffe sehr, Euch hat der Roman gefallen und ich freue mich – ebenso wie Ulrich Gilga – über Euer Feedback. Denn wenn alles geklappt hat und ihr zufrieden wart, könnte es eventuell auch weitere Sonderbände anderer Autoren geben. Und vielleicht ... ja, vielleicht lasse ich ja auch Oberinspektor Friedrich Aigner irgendwann einmal wieder in der ein oder anderen Form in einer meiner Geschichten ermitteln.

Liebe Grüße aus Wien,
Michael Blihall

Interview mit Michael Blihall

Vielleicht zuerst ein paar Worte zu dir? Wie alt bist du, was machst du neben dem Schreiben und seit wann siehst du dich als Autor? Damit verbunden natürlich die Fragen: Wie bist du überhaupt zum Schreiben gekommen und wer sind deine Vorbilder?

Ich bin im Jahr 1973 geboren, bin also noch relativ jung. :-) ›Neben dem Schreiben‹ klingt fast so, als könnte ich vom Schreiben leben. ;-) Das ist leider nicht der Fall. Ich bewege meinen Körper daher also immer noch täglich ins Büro, um mir mein Leben leisten zu können, und abends achte ich darauf, dass ich genügend Zeit für meine Frau und meine Familie frei schaufle. Darum stehe ich sehr früh auf und schreibe sehr zeitig am Morgen. Viele Hobbys habe ich neben dem Schreiben nicht mehr. Außer lesen vielleicht. Früher habe ich noch gerne Theater gespielt, heute sitze ich aber lieber im Publikum. Meine Frau und ich lieben fast alles, was irgendwie mit Kunst oder Schund zu tun hat. Darum besuchen wir gemeinsam gerne Museen, aber auch Comicbörsen. Wir sitzen gerne im Theater, aber auch im Eishockeystadion. Auch musikalisch ist bei uns von großen Musicalbühnen bis hin zu »Wohnzimmerkonzerten« alles drin.

Als Autor von Theaterstücken habe ich mich früher schon identifiziert. Immerhin habe ich auch einiges geschrieben, das sogar aufgeführt wurde. Ich hatte eigentlich immer schon vor, auch mal Belletristik zu schreiben. Dachte dabei aber eher an so Mammutwerke, wie sie beispielsweise Ken Follett schreibt. Daran bin ich aber immer wieder gescheitert. Hauptsächlich schiebe ich das aber auf meine damals mangelnde Disziplin. Es fiel mir einfach unheimlich schwer, ständig dranbleiben und Zeit dafür »opfern« zu müssen. Als ich dann während der Corona-Zeit wieder begonnen habe, Heftromane zu lesen (und das Theaterspielen ohnehin gerade nicht erlaubt gewesen wäre), verspürte ich große Lust, auch mal das Schreiben solcher Romane zu probieren. Ich habe Kontakt mit dem BASTEI-Verlag aufgenommen und nach einigen Kurzgeschichten, die bei *John Sinclair* veröffentlicht wurden, war ich mutig genug, es mal mit einem kompletten Heftroman zu probieren.

Das Ergebnis war mein erster veröffentlichter Roman »Die Belagerung«, die in der Reihe *Gespenster-Krimi* erschienen ist und mit der ich den zweiten Platz beim Vincent-Preis gewonnen habe. Zum Glück hatte nicht nur ich Lust auf neue Geschichten, sondern auch die Leserschaft sowie der Verlag, und so ging es dann weiter.

Zum ersten Mal realisiert, dass ich nun Schriftsteller bin, hatte ich, als ich die erste Anfrage für eine Widmung erhalten habe. Aber eigentlich fühlte sich das alles damals richtig irreal für mich an. Und tut es heute noch, wenn ich ganz ehrlich bin.

Vorbilder beim Schreiben habe ich eigentlich keine, weil ich auch niemanden imitieren oder nacheifern möchte. Aber ich bin selbst Fan von sehr, sehr vielen Autoren. Natürlich auch aus dem Heftromanbereich.

Wie kam es dazu, dass du die Chance bekommen hast, deine Romane um Andreas Brauner in der Reihe Gespenster-Krimi des BASTEI Verlags zu veröffentlichen?

Teilweise habe ich die Frage ja schon oben beantwortet, aber zu Andreas Brauner konkret gibt es zu sagen, dass das Ganze schon ein glücklicher Zufall war:

Ich wusste ja am Anfang gar nicht, wie es nach der »Belagerung« bei mir weitergehen würde. Weil ich mit meinem ersten Roman gleich mal alle »Heftromanregeln« gebrochen habe, war ich sowieso der Meinung, dass der Verlag den nicht kaufen wird. Aber ich wollte es zumindest mal versucht haben. Den positiven Zuspruch zu der Geschichte hatte ich ehrlich gesagt gar nicht so erwartet. Und dann kam auch schon bald die Frage von Lesern, als auch vom Verlag, wann es denn den nächsten Roman von mir geben würde?

Da ich für die Fertigstellung von »Die Belagerung« aber mehr als 200 Tage gebraucht habe, war mir klar, dass ich für meinen zweiten Roman nicht mehr so lange brauchen dürfte, um als Autor ernst-

und wahrgenommen zu werden. Zum Glück hatte ich einen angefangenen Roman in meiner virtuellen Schublade. Der Arbeitstitel lautet »Drudenfüße« und wurde so zu meinem zweiten Roman im *Gespenster-Krimi*. Schon während des Schreibens habe ich mich in die Figur des Andreas Brauner sozusagen verliebt und über mögliche Fortsetzungen nachgedacht. Als ich von meiner damaligen Redakteurin Britta Künkel den Veröffentlichungstermin erfahren habe, habe ich gleich nachgefragt, ob ich einen weiteren Roman über Andreas Brauner schreiben dürfte. Und der Nachfolger »Mama?« ging mir dann tatsächlich sehr schnell von der Hand. Heute schreibe ich neben meinem Brotjob etwa 30 Tage an einem Romanheft.

Inzwischen gibt es auch Romane von dir in den Reihen Jerry Cotton, Dr. Stefan Frank und Professor Zamorra. Wie kam es dazu und stimmen die Gerüchte, dass Michael Blihall in Zukunft auch das Maddrax-Universum unsicher machen wird?

Meine Frau und ich haben im Juni 2022 den BASTEI-Verlag in Köln persönlich besucht und am Abend saßen wir noch mit Britta Künkel zusammen, als meine Frau plötzlich behauptete, dass ich »sicher auch Liebesromane schreiben« könnte. Ich selbst war davon zwar gar nicht so überzeugt, aber ich verstehe solche Äußerungen oft als Herausforderung, und so habe ich mich bei der zuständigen Redakteurin für Liebes- und Arztromane beworben. Nach einer Orientierungsphase, in der ich von *Silvia-Romanen* über *Bergkristall* bis *Familie mit Herz* überall reingelesen habe, fiel meine Wahl auf *Dr. Stefan Frank*. Inzwischen habe ich zwei Romane für die Serie geschrieben.

Auf *Jerry Cotton* hatte ich ebenfalls Lust, weil ich die Abenteuer des weltberühmten G-Man bereits in meiner Jugend verfolgt habe. Ich habe mich daher konkret beim Verlag für diese Serie beworben und hatte das große Glück, gleich ins Autorenteam aufgenommen zu werden. Damit ist wirklich ein Jugendtraum in Erfüllung gegangen! Inzwischen habe ich drei Romane für *Cotton* geschrieben und nehme noch in diesem Jahr die Romane vier und fünf in Angriff.

Für *Professor Zamorra* musste ich mich glücklicherweise nicht mehr bewerben. Da wurde ich von Uwe Voehl (alias Logan Dee) direkt angeheuert. Ähnlich verhielt es sich auch bei der Serie *Maddrax*. Hierzu wurde ich sogar fast öffentlich von Michael Schönenbröcher auf meiner Facebook-Seite angesprochen. Ich kann also die Gerüchte, dass ich an einem *Maddrax*-Roman arbeite, bestätigen. ;-)

Kommen wir zu Dämonenjäger Isaac Kane – wie kam es zu der Zusammenarbeit und wie war es für dich, etwas zum Serienkosmos eines Self-Publishers beizutragen?

Auch hier lief das lustigerweise über Facebook. Irgendjemand (vielleicht warst du das sogar selbst Ulrich?) hat mal einen Beitrag über Romane, die in den 1970er Jahren angesiedelt sind, gepostet. Ich habe dazu kommentiert, dass ich auch gerade an einem Roman arbeite, der in so einem zeitlichen Rahmen spielt. Eigentlich wollte ich damit auf mein erstes Buch »Die Brücke« aufmerksam machen. Du hast mich aber gefragt, ob eventuell Bock hätte, mal einen Sonderband zu *Isaac Kane* beizusteuern. Und ich hatte. Wie man oben schon mit den Liebesromanen sehen konnte, verstehe ich solche Anfragen sehr oft als Herausforderung. ;-)
Dabei muss ich auch sagen, dass die Zusammenarbeit mit dir von Anfang an sehr angenehm war. Ich schmiere dir da keinen Honig ums Maul, ich meine das wirklich so. Ich durfte mir den Handlungsort (Wien) und die -zeit (1958) selbst aussuchen und nach dem *GO* war ich richtig motiviert, die Geschichte zu Papier zu bringen. Und das Setting im Jahr 1958, also genau zwischen deinen beiden Bänden 0 und 1, war mir irgendwie sehr wichtig. Ich habe anschließend viel recherchiert und beim Schreiben selbst wieder einmal einiges über die Geschichte meiner Heimatstadt gelernt.

Dazu passt auch die Frage – was reizt dich mehr? Deine eigene Serie voranzubringen oder Romane zu anderen Reihen beizusteuern?

Ich habe im Gespräch mit befreundeten Autoren, die selbst zwar keine Heftromane, dafür aber sehr erfolgreiche Krimis schreiben, erfahren, dass viele sich beim Schreiben für eine Serie zu sehr »eingeengt« fühlen würden. Klar, bei bestehenden Serien gibt es bereits ein Rahmenexposé, das wenig Raum für Veränderungen zulässt. Die eigene Kreativität muss dies aber nicht unbedingt einschränken, finde ich. Mir persönlich macht es großen Spaß, mich inmitten mancher »Grenzen« bewegen zu müssen und zu schauen, wie ich damit umgehe. Es beflügelt meiner Meinung nach, meine eigene Kreativität, weil eben »nicht alles erlaubt« ist. Dabei lernt man, gewisse Herausforderungen anders lösen zu müssen, als es beispielsweise ein frei erfundener Protagonist machen würde.

Wobei ich ja bei *Isaac Kane* ebenfalls (fast) freie Hand hatte. Dennoch habe ich natürlich darauf geachtet, der bereits etablierten Handlung und den Charakteren Ian West und Isaac Kane nicht zu widersprechen.

Aber du hast mich ja auch nach »eigenen Serien« gefragt. Den größten Spaß habe ich tatsächlich beim Schreiben von »Drudenfüße«-Abenteuern. Also die Geschichten um die Geisterjägertruppe um den oben angesprochenen *Andreas Brauner*. Demnächst wird es endlich auch davon wieder neue Abenteuer geben. Aber inzwischen hätte ich richtig Bock auf eine eigene »Drudenfüße«-Serie, wenn ich ganz ehrlich bin. ;-)

Davon abgesehen schwirren mir schon seit Monaten Ideen über eine weitere Serie durch den Kopf.

Zum Schluss – erzähl uns doch etwas über deinen aktuellen Roman »Die Brücke«, der im BLITZ-Verlag in der Reihe ›Lovecrafts Schriften des Grauens‹ erscheint.
[Hier direkt zu bestellen: https://www.blitz-verlag.de/index.php?action=buch&id=5320]

»Die Brücke« wird und war für mich ein sehr besonderes und interessantes Projekt. Ich wurde seinerzeit von Jörg Kaegelmann gefragt, ob ich einen Roman für den BLITZ-Verlag schreiben wollte. Nun, du weißt ja inzwischen, wie das bei mir ist mit Herausforderungen und so … Ursprünglich hätte ich einen Roman zu der Serie *Schatten-*

chronik beisteuern sollen. Aber ich wollte mich zu diesem Zeitpunkt nicht noch in eine weitere Serie »hineinlesen«, weswegen ich vorschlug, einen Einzelroman für die Reihe *Lovecrafts Schriften des Grauens* zu schreiben.

Aus einem Alptraum, den ich vor etwa zwanzig Jahren mal hatte, entwickelte ich die Geschichte eines Zeitreisenden, der in Wien im Jahr 1976 landet und versucht, dort den Untergang der Menschheit abzuwehren. Ich habe auch dafür viel in der damaligen Zeitgeschichte recherchiert und hoffentlich eine spannende Geschichte gebastelt, die diesmal sogar aus der Sicht von zwei Protagonisten erzählt wird. Die Wiener Sagenwelt vermischt sich dem Cthulhu-Mythos. Bald werde ich erfahren, wie diese Story beim Publikum ankommt, da das Buch fast zeitgleich mit diesem Sonderband erscheint. ;-)

Vielen Dank, Michael, für die Beantwortung der Fragen und deinen tollen Beitrag zu Dämonenjäger Isaac Kane. Ich bin schon sehr gespannt, wie der Band bei den Fans ankommt und man weiß ja nie – vielleicht gibt es ja wieder eine gemeinsame Zeitreise in die Vergangenheit. Viel Erfolg mit deinen weiteren Buchprojekten.

Buchtipp BLITZ-Verlag

Und wer jetzt neugierig geworden ist, was der BLITZ-Verlag außerdem noch für Veröffentlichungen bereithält, für den ist vielleicht auch Daniel Webers Reihe "Phillipsdorf – Bezirk des Wahnsinns" interessant. Daniel war so freundlich, für uns eine kurze Vorstellung der Reihe zu schreiben:

Der junge Schriftsteller Stefan Hanns erbt das Haus seines angeblich verstorbenen Großonkels in Phillipsdorf, dem verbotenen 24. Bezirk Wiens. Die düsteren Geschichten, die sich um diesen Ort ranken, sind für ihn natürlich nur Altweibergeschwätz. Der Ort selbst sieht das jedoch anders. Stefan wird klar, dass die Geschichten der Wahrheit entsprechen, und er steht bald mehr als nur augenlosen Kreaturen gegenüber, die ihm ans Leder wollen.

Gemeinsam mit seinem besten Freund, einem Geister- und Monsterjäger, und seiner unverhofften Großcousine, einer pubertierenden Halb-Ghoula, muss sich Stefan irdischen und kosmischen Entitäten in den Weg stellen. Auf ihrer Reise treffen sie neue Verbündete und gefährliche Gegner. Sie verlieren Freunde und kämpfen verzweifelt ums Überleben. Am Ende wartet eine Gottheit auf sie, die unsere Welt vernichten will – und Stefan verfällt dem Wahnsinn.

Hier direkt zu bestellen:
https://www.blitz-verlag.de/index.php?action=buch&id=3970

Weitere Infos unter
https://www.weberdaniel.at/daniel-weber/phillipsdorf-bezirk-des-wahnsinns/